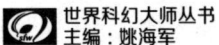世界科幻大师丛书
主编：姚海军

阿尔法卫星上的家族

CLANS OF THE ALPHANE MOON

[美]菲利普·迪克 著 李天奇 译

四川科学技术出版社

图书在版编目(CIP)数据

阿尔法卫星上的家族 / [美]菲利普·迪克　著；李天奇　翻译.
-- 成都：四川科学技术出版社，2022.4
（世界科幻大师丛书 / 姚海军　主编）
书名原文：Clans of the Alphane Moon
ISBN 978-7-5727-0502-1

Ⅰ.①阿…　Ⅱ.①菲…②李…　Ⅲ.①幻想小说 – 美国 – 现代
Ⅳ.①I712.45

中国版本图书馆CIP数据核字(2022)第070318号
图进字号：21-2020-235

世界科幻大师丛书

阿尔法卫星上的家族

A'ERFA WEIXING SHANG DE JIAZU

出 品 人　程佳月
丛书主编　姚海军
著　　者　[美]菲利普·迪克
译　　者　李天奇
责任编辑　兰 银　姚海军
特约编辑　贺子恒
封面绘画　晨鸣达
封面设计　施 洋
版面设计　施 洋
责任出版　欧晓春
出　　版　四川科学技术出版社
　　　　　成都市锦江区三色路238号 邮政编码610023
　　　　　官方微博：http://e.weibo.com/sckjcbs
　　　　　官方微信公众号：sckjcbs
　　　　　传真：028-86361756
开　 本　140mm×203mm　　　印　张　9.125
字　 数　160千　　　　　　　插　页　2
印　 刷　四川省南方印务有限公司
版　 次　2022年5月成都第一版
印　 次　2022年5月成都第一次印刷
定　 价　44.00元

ISBN 978-7-5727-0502-1

邮 购：成都市锦江区三色路238号新华之星A座25层 邮政编码：610023
电话：028-86361758

菲利普·迪克

Philip K. Dick

1928 – 1982

1

　　在走进最高议会的会议室之前，加布里埃尔·贝恩斯先派出了曼斯家族制造的仿生人，让他咔嗒咔嗒地走在前面，探查可能存在的攻击。仿生人制作精良，全身细节和贝恩斯本人毫无出入。制作他的曼斯家族以发明方面的天赋而闻名，因此这个仿生人也具备多种多样的功能，但贝恩斯只在乎仿生人在安保方面的作用。对他而言，保证自己的人身安全就是唯一的人生信条，也是他隶属于卫星北境阿道夫城佩尔飞地的最佳证明。

　　贝恩斯当然曾多次出过阿道夫城，但只有在这里，在佩尔家族领地低矮结实的城墙内，他才会觉得安全，或者应该说，相对安全。这更证明了他是佩尔家族货真价实的一员，并不是为了混进这个全世界最坚固、牢靠、持久的城市而编造的虚假身份。毋庸置疑，贝恩斯是个诚实的人……不过，本来也没有谁对他产生过怀疑。

比如说,他最近刚去希布家族那些极不体面的窝棚里走了一趟,去搜寻出逃的劳工队成员。他们都是希布家族的人,所以应该是仓皇逃回了甘地镇。搜寻的难点在于,希布人长得都一个样,至少在贝恩斯眼里是如此:他们全都脏得要命,驼着背,穿着一身脏兮兮的衣服,整天只会傻笑个不停,根本集中不了注意力进行任何复杂的工作。他们只能干体力活,此外什么也胜任不了。由于阿道夫城总是要对各种防御工事修修补补,以抵抗曼斯家族的侵略,所以这里一直十分需要体力劳动者。而佩尔人可不愿弄脏自己的手。总之,当他站在希布家族破破烂烂的窝棚中间时,他的心里涌起了一股纯粹的恐惧。在这些单薄脆弱、不堪一击的建筑包围下,他觉得不安极了,仿佛全身的弱点都暴露在了世界面前。在他看来,那些窝棚不过是些垃圾堆里的纸板,可是却有人住在里面。然而,希布人对此毫无怨言。他们就这么住在属于自己的垃圾堆里,平静而安宁。

而今天,在这个每年召开两次,所有家族都必须参加的议会会议上,希布家族的发言人自然也会在场。作为佩尔家族的代表,贝恩斯将不得不和惹人厌恶的希布人共处一室。这可不会给他的任务增光添彩。来的人恐怕和去年一样,还是那个披头散发、身材肥胖的萨拉·阿波斯托斯。

　　但真要说的话,还是曼斯家族的代表更让人心惊胆战。每个佩尔人都对曼斯人心怀恐惧,贝恩斯也不例外。他们无所顾忌的暴力总是让他惊骇不已。而且他们的暴力总是毫无来由,他简直无法理解。过去很多年里,他一直认为曼斯人的本性便是如此凶残。但这无法解释他们的行为。他们根本是在享受暴力本身,从毁灭事物、恐吓他人中得到一种变态的愉悦,特别是恐吓他们佩尔人。

　　就算想明白这一点也没什么帮助。一想到即将面对曼斯家族的代表霍华德·斯特劳,贝恩斯就忍不住一阵畏缩。

　　他的仿生人回来了,发出哮喘般的嗡嗡响声,和贝恩斯本人一模一样的人造脸上挂着僵硬的微笑。"一切正常,先生。没有致命气体,没有超过安全值的电流,没有毒掺入水罐,没有架设激光枪的小孔,也没有隐藏的定时炸弹。我的意见是,您可以安全进门。"他咔咔作响着停住脚,静止不动。

　　"没人主动靠近你?"贝恩斯谨慎地问。

　　仿生人说:"里面没人。当然,除了扫地的希布人之外。"

　　根据这辈子积累下来的自保经验,贝恩斯将房门推开一条缝,偷瞥了里面的希布人一眼。

　　那是个男性希布人,动作缓慢单调地扫着地,脸上挂着希布人一贯的愚蠢表情,仿佛觉得工作十分有趣。他可以将同样的活计重复好几个月而毫不厌倦。希布人不可能对工作产生厌烦的情绪,因为他们根本无法理解"多样性"的含义。当然了,贝恩斯心想,头脑简单也有好处。比如说,著名的希布家族圣人伊格纳兹·勒德伯就曾经给他留下过深刻的印象。勒德伯总在城镇间游历,全身都散发着灵性之光,以希布人特有的温和个性播撒温暖。眼前这个希布人看起来应该也毫无危险……

而且希布人有一样好处:与斯基茨家族的神秘主义者不同,他们从不试图向他人传教,就连希布家族的圣人也不例外。希布人唯一的愿望就是远离烦扰,他们不愿被生活所缚。年复一年,他们逐步放下生活中的繁杂琐事。最后像植物那样活着,贝恩斯心想,这就是希布人的理想。

他检查了一下自己的激光手枪:一切正常。他决定进门。他一步一步地走进会议室,选了一把椅子坐下,随即又突然换了个座位。最初选定的位子离窗户太近了,会成为窗外人的绝佳靶子。

在其他人到场之前,为了消磨时间,他决定逗那个希布人玩玩。"你叫什么?"他问。

"雅——雅各布·西米恩。"希布人说,继续扫着地,脸上傻乎乎的笑容毫无变化。希布人从来都听不出别人是否想拿他们寻开心。就算听出来了,也不在乎。希布族就是这样,对世间一切都无动于衷。

"你喜欢这份工作吗,雅各布?"贝恩斯继续问道,点了支烟。

"当然。"希布人咯咯笑了起来。

"你一直都是扫地工?"

"嗯?"希布人似乎无法理解这个问题。

门开了,波利家族的代表安妮特·戈丁走了进来。她是位身材丰腴的美人,提包夹在腋下,圆润的脸庞涨得通红,绿眸闪烁。她喘着粗气说道:"我还以为迟到了。"

"没有。"贝恩斯说,起身为她拉开椅子,并用专业的眼光扫了她一眼。看起来她并没有佩带武器。但她完全有可能在牙龈里暗藏野生孢子胶囊。重新就座时,贝恩斯特意选择了长桌另一头的座位,与她遥遥相对。距离——一项至关重要的因素。

"屋里可真热啊。"安妮特说。她还在不停地冒汗,"我可是从楼梯一路跑上来的。"她冲贝恩斯露出一部分波利人特有的朴实微笑。在贝恩斯看来,她确实是位颇具魅力的女性……如果瘦一点就更好了。不管怎么说,他很欣赏安妮特,趁机开起了略带挑逗意味的玩笑。

"安妮特。"他说,"你可真是让人愉快又自在。你不结婚太可惜了,要是嫁给我——"

"是,加布。"安妮特微笑着回应,"嫁给你,我就安全了。房间里四处都备好了石蕊试纸,大气分析仪轰轰作响,还准备了接地设备,以防静电发电机漏电——"

"我是认真的。"贝恩斯生气地说。他想知道安妮特多大了,肯定不超过二十岁。和所有波利人一样,她的举手投足间都带着一股孩子气。波利人是长不大的一群人,他们从不定性。说白了,波利主义就是让童年一直延续下去。卫星上的孩子,无论来自哪个家族,生来就都是波利人。他们作为波利人统一去中央学校上学,直到十年级、十一年级才会开始分化为不同家族的成员。还有一些波利人永远不会分化,就像安妮特这样。

安妮特打开手提包,拿出一包糖果,飞快地吃起来。"我很紧张,"她解释道,"必须吃点东西。"她把糖果袋递向贝恩斯,但他拒绝了——他必须万事小心。贝恩斯已经小心翼翼地活了三十五年,可不想因一次微不足道的冲动就送了命。如果想再活三十五年,一切都必须在事前就进行精心计算和周密考量。

安妮特说:"要我猜,斯基茨家族的代表今年还是路易·曼弗雷蒂。我一直都很喜欢他,他总是有好多有趣的故事可讲,那些关于远古生物的感知。来自大地和天空的猛兽,在地底战斗的怪物……"她若有所思地吮吸着一块硬糖,"你觉得斯基茨人看到的那些感知都是真的吗,加布?"

"不是。"贝恩斯说了实话。

"那他们干吗老是在思考、讨论那些东西？至少对他们自己来说是真的吧。"

"神秘主义。"贝恩斯不以为然地说。他突然抽了抽鼻子，某种人造气味传了过来，闻起来甜甜的。他意识到那是安妮特头发上的香味，于是放松了下来。也许这是一种障眼法？他突然冒出这个念头，再次警惕起来。"你的香水很好闻。"他假装恭维，"叫什么名字？"

"'野性之夜'。"安妮特说，"在阿尔法二号上的一家小摊买的。花了我整整九十皮①，确实很好闻，你觉得呢？那可是我整整一个月的工资啊！"她的深绿色双眸流露出痛心。

"嫁给我就好了。"贝恩斯又起了话头，但没能说下去。

戴普家族的代表来了。他站在门口，凹陷的脸上充满恐惧，眼睛惊恐地瞪着。那模样仿佛一根刺，深深地扎在贝恩斯心上。老天爷，贝恩斯忍不住呻吟一声，不知道该对可怜的戴普人感到同情，还是彻底的鄙视。说到底，这个人完全可以振作起来。只要有勇气，所有戴普人都可以打起精神，振作起来。可惜，位于南部的戴普家族领地里最缺的就是勇气。这位戴普人显然也不例外。他站在门口迟疑着，不敢进来；但与此同时又彻底认了命，知道自己马上就会走进房间，马上就会做自己害怕做的事情……相

---

①小说中货币的度量单位。

比之下，如果是奥布考姆人，就会"二，四，六……"地飞快数到二十，然后转身拔腿就跑。

"请进。"安妮特语调温和地哄劝道，指了指椅子，示意他入座。

"开这次会又有什么用？"戴普人说，终于慢慢地走进了房间，整个人都绝望地耷拉着，"我们只会互相攻击，我不明白这样的会面有什么意义。"但他还是顺从地坐下了，无精打采地垂着头，双手徒劳地绞在一起。

"我是安妮特·戈丁。"安妮特说，"这位是佩尔家族的加布里埃尔·贝恩斯。我是波利人。你是戴普人，对吧？看你盯着地板的样子就知道了。"她笑了起来，笑声中不乏同情之意。

戴普人什么也没说，甚至不肯自报家门。贝恩斯知道，对戴普人来说，说话是件难事。他们无法集中足够的精力。这位戴普人之所以来得这么早，恐怕是出于对迟到的恐惧。这种过度补偿行为也是戴普族的典型特征。贝恩斯一点儿也不喜欢他们。他们对本族和其他家族都毫无用处，干吗不一死了之呢？与希布族不一样，他们甚至连体力劳动都无法胜任，只会躺倒在地，双目无神地望着天空，表情绝望。

安妮特向贝恩斯的方向俯过身去，轻声地说："鼓励他一下吧。"

"见鬼去吧。"贝恩斯说,"我才不在乎呢,他这样完全是自作自受。如果想改,他早就改了。只要努力,他也能相信一些美好的东西。他们家族的情况可不比我们差,说不定还好一些呢,毕竟他们的工作效率和蜗牛一样慢……真希望我也能和戴普人那样,只用做那么一丁点儿活儿,一年就混过去了。"

一位身着灰色长大衣,身材高挑的中年女子走进了门。她是英格丽德·希伯勒,奥布考姆家族的代表。她无声地数着数,绕着长桌转了一圈,每经过一把椅子就伸手拍一下。贝恩斯和安妮特等待着,扫地的希布人则抬头瞥了她一眼,发出咯咯笑声。戴普人继续目光涣散地凝视地板。最后,希伯勒小姐终于找到了一把在数字占卜学上令她满意的椅子。她拉开椅子,姿势僵硬地坐下,双手紧紧地并在一起,手指飞快地动来动去,仿佛在编织一件看不见的防护服。

"我在停车场碰上了斯特劳。"她说,又无声地数了些数,"我们的曼斯代表。哎,他可真是差劲,差点儿就开车撞到了我。我不得不——"

她没说完这句话。"罢了,我不想因为他破坏大家的心情。不过这可真扫兴。"她打了个寒噤。

安妮特对在场的所有人说:"如果今年斯基茨的代表还是曼弗雷蒂,估计他不会走大门,而是走窗户。"她自顾自地笑了起来。扫地的希布人跟着笑了。"当然了,还有希布族的代表没来。"安妮特说。

"我是甘地镇的代——代表。"这个名叫雅各布·西米恩的希布人说,继续以单调乏味的动作挥动扫帚,"我——我就是觉得等——等人的时候可以顺便扫一下。"他冲所有人露出质朴的微笑。

贝恩斯叹了口气。希布家族代表,一个清洁工。这也难怪。可以说所有希布人都是清洁工,只是有些已经正式工作,有些还没有罢了。这样一来,尚未到场的就只剩下斯基茨家族代表和曼斯家族代表霍华德·斯特劳了。斯特劳肯定还在停车场里四处冲撞,吓唬其他代表,等没人可吓了,他就会进来。贝恩斯心想:他最好别来惹我。贝恩斯腰上佩戴的激光手枪可不是仿真的玩具,还有他的仿生人,等在外面的大厅里随叫随到。

"这次会议是关于什么的?"奥布考姆家族的代表希伯勒小姐闭着眼睛问道,挥舞着手指快速数数,"一,二,一,二。"

安妮特说:"传言说,有人见到了一艘奇怪的飞船。我们有理由相信,那不是从阿尔法二号来的商船。"她还在继续吃糖。贝恩斯看到她几乎已经吃完了整包糖果,不禁有些吓到,又有些好笑。他清楚地知道,安妮特患有间脑失调症,一种类似暴食症的强迫性行为。当她感觉到紧张或担忧,症状会表现得更厉害。

"一艘飞船。"戴普人说,突然反应过来,"也许它能带我们摆脱现在的烂摊子。"

"什么烂摊子?"希伯勒小姐问道。

戴普人动了动,"你心里清楚。"然后他就说不出更多东西了,口齿不清地嘟囔几声,又陷入了忧郁的浑噩状态。在戴普人看来,一切情况都可以称为烂摊子。然而与此同时,他们也害怕改变。贝恩斯这么想着,对他们的鄙视又深了一层。可是——一艘飞船。他的蔑视转为了警惕。这传言是真的吗?

曼斯家族代表斯特劳应该知道答案。曼斯家族在达·芬奇高地设有精密的技术设备,以便第一时间观测到从外界来的飞船。也许这传言就出自达·芬奇高地……除非是斯基茨家族的神秘主义者在感应里预知到了。

"很可能是个圈套。"贝恩斯大声说。

屋内所有人都盯着他,包括阴郁的戴普人代表,就连希布人也暂停了扫地的动作。

"那些曼斯人,"贝恩斯解释道,"他们无所不用其极。用这种方法,他们可以抢占先机,报复我们。"

"为了什么?"希伯勒小姐问。

"你们也知道,曼斯家族仇恨我们所有人。"贝恩斯说,"因为他们是一群粗鲁野蛮的无赖,尚未开化的突击部队,光是听见

'教养'这个词都要伸手掏枪。这就是他们与生俱来的天性,古老的哥特式文化。"但这几句话并不能被称之为理由。说实话,贝恩斯并不明白为什么曼斯人这么乐于伤害他人。他个人的理解是,这纯粹是因为他们以给他人带来痛苦为乐。不,贝恩斯心想,一定还有别的理由。恶毒和嫉妒。他们肯定是嫉妒我们,因为我们在文化上高人一等。达·芬奇高地是个相当多元化的地方,然而那里没有秩序,也没有美学上的统一可言。一堆所谓的"创造性"项目聚集在一起,形成了一团混乱的大杂烩,里面全都是半吊子的未完成品。

安妮特缓缓地说:"我承认,斯特劳是有些缺乏教养,甚至可以说,他是那种典型的愣头青。但如果他根本没见到什么陌生飞船,又何必要报告给大家呢?你也没给出一个清楚的解释。"

"但我明白得很。"贝恩斯固执地说,"曼斯人仇视我们,特别是霍华德·斯特劳这个人。我们应当采取行动,保护自己——"他把后面的话咽了下去,门开了,斯特劳大步冲进了房间。

他高大威猛,一头红发,正咧着嘴笑。他显然没有因为他们的小卫星上出现了外来飞船而感到烦心。

现在只剩下斯基茨家族的代表还未到场。根据以往的经验判断,他很可能会迟到一小时——他可能正神游天外,迷失在他模糊而永不中断的感知里。在那里,他会看到远古的现实,看到造就了现世的宇宙原力和那个被称为"太古"的世界。

我们还是放轻松,尽量舒舒服服地等着吧。贝恩斯如此决定。但是考虑到斯特劳的存在,他也没办法放松到哪儿去。还有希伯勒小姐,贝恩斯也一样不大喜欢她。说实话,他谁也不喜欢。唯一的例外就是安妮特——她有着让人无法忽略的傲人胸部。然而,贝恩斯对她发起的进攻一点儿效果也没有。这也不是第一次了。

这可不是贝恩斯的错,波利人就是这个德行——没人能预测他们的行动。他们总是违反逻辑,故意让人捉摸不透。但他们也不是斯基茨人那样盲目的飞蛾,或者希布人那样无脑的机器。他们身上总是洋溢着无穷的活力,而这就是贝恩斯喜欢安妮特的地方:她饱含生命力,让人耳目一新。

在她面前,贝恩斯觉得自己机械僵硬,全身都被束缚在一层厚厚的钢铁里,仿佛是古代某场无意义战争留下的过时武器。安妮特才二十岁,而他已经三十五岁了,也许这就是问题所在。但他并不这么想。他突然又想道:我敢打赌,安妮特是故意让我产生这种感觉的,她就是想让我自惭形秽。

一瞬间,他产生了佩尔人的典型反应,对安妮特涌上一股冰冷且理由充分的仇恨。

安妮特一副毫无察觉的模样,继续尽情地吃着已经所剩无几的糖果。

在此次于阿道夫城召开的半年会议中,斯基茨族的代表是欧玛·戴亚蒙德。他俯视着整个世界,看到地上和地下分别有一条龙。两条龙是双生子,一条红色、一条白色,分别代表着死亡与生命。它们激烈地缠斗在一起,大地因此而阵阵战栗,头顶的天空已然裂开,干瘪的太阳散发着腐朽的灰色,无法为急速失去生机的世界带来任何慰藉。

"停。"欧玛抬起手,对两条龙下令。

一对男女正沿着阿道夫城市中心人行道向欧玛·戴亚蒙德走过去。突然,他们停下脚步。其中那位一头卷发的姑娘说:"这个人怎么回事?不知道他在干什么。"她神色厌恶。

"只是个斯基茨人,"男人感到好笑地说,"迷失在感知里了。"

欧玛说:"永恒战争再一次爆发了,生命之力日渐式微。在这生死存亡的紧要关头,难道就没有人能破釜沉舟,献出自己的性命,重振生命之力吗?"

男人冲自己的妻子眨了一下眼睛,说道:"你知道吗,要是向这些人提问,有时候会得到很有意思的答案。来嘛,问他一个问题——宏大一些的,比如'存在的意义是什么',可别是'我昨天丢的剪刀在哪儿'之类的。"

在他的鼓励下，女人小心翼翼地冲欧玛发了问，"打扰一下，我一直想知道——人死之后会以另一种方式生活吗？"

欧玛答道："没有死亡这回事。"这问题令他感到难以置信，发问的人一定是无知到了极点。"你所谓的'死亡'不过是新生命形态的萌芽期罢了，等到召唤来临，生命就会进入新的肉身。"他抬起手臂，朝空中指了指，"看见了吗？生命之龙是杀不死的。即便它的血已经染红了整片草地，也会有新的化身从四面八方不断涌现。埋在大地深处的种子总会再度发芽。"他继续向前走去，将那对男女抛在身后。

我必须去那座六层的石头大楼，欧玛对自己说。整个议会的成员都在那里等他。野蛮人霍华德·斯特劳。受数字所困，脾气乖戾的希伯勒小姐。生命力的化身，安妮特·戈丁，总是充满热情地一头扎进什么事物里，只要那能让她成为自己。总是未雨绸缪，想方设法保护自己的加布里埃尔·贝恩斯。比我们所有人都离神更近，头脑简单的扫地工。还有那个悲伤的人，从不抬头，连个名字也没有。应该怎么称呼他呢？奥托这名字怎么样？不，还是叫迪诺吧。迪诺·沃特斯。他一直在静候死亡来临，却浑然不晓自己所期待的只是一个空虚的幻影。即便是死亡也无法让他逃离自身。

欧玛站在六层大楼前，这是佩尔家族的领地，阿道夫城里最宏伟的建筑。他升入空中,然后飘到会议室窗外用指甲抓挠着窗户,直到终于有人注意到,开窗让他进了屋。

"曼弗雷蒂先生不来了?"安妮特问道。

"今年我们联系不上他。"欧玛解释,"他进入了另一个领域,就静静地坐在那儿,只能通过鼻腔导管进食。"

"啊。"安妮特说,打了个寒噤,"紧张症。"

"赶紧杀了他吧,一了百了。"斯特劳言辞刻薄地说,"那帮猫派斯基茨简直没用透了,纯粹是浪费贞德城的资源。难怪你们的领地穷成那样。"

"物质上的贫穷,"欧玛表示同意,"但在永恒价值上,我们很富有。"他一直与斯特劳保持着相当的距离,他一点儿也不喜欢斯特劳。虽然名字叫斯特劳①,却是个破坏者,享受击垮、碾压一切的快感。这并非出自实际需要,只是一种残忍的嗜虐心罢了。斯特劳整个人就是无止无尽的邪恶。

与他形成鲜明对比的是加布·贝恩斯。贝恩斯,就像所有佩尔人一样,有时候也很残忍,但那只是自保的手段。他一心扑在保护自己这一要务上,为此自然会犯下一些错误。这让人实在无法苛责他,而斯特劳则是怎么苛责都不为过。

欧玛坐了下来,说:"上天保佑本次集会。愿我们能听到有

---

① Straw,英文中为稻草的意思。

关赋予新生的消息,而不是破坏之龙的活动情况。"他转向斯特劳,"所以你要说的事是什么,霍华德?"

"来了一艘武装飞船。"斯特劳说,咧着嘴邪恶又阴冷地一笑。众人的紧张让他愉悦。"不是阿尔法二号的商船,这艘船完全来自另一个星系。我们用超声仪探测了他们的心理活动。他们想的可不是什么贸易,而是——"他故意没再说下去,想欣赏其他代表坐立不安的模样。

"我们必须进行防御。"贝恩斯说。希伯勒小姐点了点头,安妮特也不情愿地点了点头。就连希布人都不再咯咯发笑,露出了有些窘迫的表情。"当然,"贝恩斯说,"防御行动就由我们阿道夫城来组织。但我们需要你的人民提供科技设备,斯特劳。我们对你抱有很大的期望。这一次,我们需要你也为共同利益出一份力。"

"'共同利益'。"斯特劳讽刺地模仿他,"你是说'咱们'的利益。"

"老天爷,"安妮特说,"你就不能配合一次吗,斯特劳?你就不能考虑一下后果,哪怕就一次?至少想想孩子们啊,就算不保护自己,我们也得保护他们。"

欧玛·戴亚蒙德在心中默默祈祷,"愿生命之力升腾,在战场上引领我们走向胜利。愿白龙逃过昭示死亡的血污,愿庇护的子宫降临于这片渺小的土地,保护它不受邪恶阵营的侵害。"就在这一瞬间,他突然想起了在走过来的路上曾看到的一幕景象,一个关于敌人来袭的昭示:当他抬腿跨越一条小溪时,溪水突然变成了血。现在他明白了,那一幕预示着战争和死亡,也许随之而来的还有七个家族和七座城市的毁灭——也可以说是六座城市,毕竟希布族生活的地方不过是一座硕大的垃圾场。

这时,戴普人迪诺·沃特斯嗓音嘶哑地喃喃:"我们完了。"

在场的所有人都瞪着他,就连希布人雅各布·西米恩也不例外。真是戴普族人的典型反应。

"请宽恕他。"欧玛低喃。在某个地方,在人眼所不能及的无上权威领域里,生命之神听见了他的祈祷,并且给予了回应,宽恕了戴普族的代表,来自科顿·马瑟遗产庄园的濒死之人,迪诺·沃特斯。

2

　　陈旧的共寓①里,石膏板墙已经四处开裂,嵌入式壁灯恐怕都坏得差不多了,落地窗款式古老,制造于朝鲜战争年代之前的过时地砖也破破烂烂。查克·里特斯多夫几乎连眼皮都没抬一下,"就这间。"他掏出支票簿,看见共寓中央的熟铁壁炉,忍不住皱了皱眉头。他只在二十世纪七十年代,也就是他的童年时代,曾经看见过这样的壁炉。

　　这座破楼的房东在一旁也皱起了眉头,对着查克的身份文件面露疑色。"这上面说你已婚,里特斯多夫先生。你还有小孩。你不能把老婆孩子带到这间共寓里来,报纸上写的招租条件可是'单身,在职,不喝酒',而且——"

---

　　① 原文为 Conapt,PKD 自造词,意为 A condominium-apartment,共享公寓。

查克疲惫地说:"正是如此。"眼前这位胖乎乎的中年女房东身着金星制造的蟋蟀皮长裙,脚蹬一双沃布毛拖鞋,这让查克心生厌恶。这段经历注定不会愉快。"我和妻子分开了,孩子归她。所以我才要租这间共寓。"

"可他们会来看你的。"房东挑起了染成紫色的眉毛。

查克说:"你不了解我太太。"

"哦,他们肯定会来的,我可太了解新的《联邦离婚法》了。跟以前的州法可不一样。你上过法庭了吗?第一批文件已经拿到手了?"

"还没有。"查克承认。这一切对他来说才刚刚开始。昨天和前天,他都是在宾馆过的夜——前天晚上,他终于放弃了挣扎,不再努力去实现不可能实现的目标:与玛丽继续一起生活。他把支票递给了房东太太。房东太太把身份证明还给他,随即消失不见。查克立刻关上门,走到共寓窗边俯视外面的街道,望着穿行如织的汽车和喷气机,川流不息的路人。他必须给自己的代理律师奈特·维尔德打电话,马上。

他和玛丽婚姻的破裂实在是太讽刺了,因为玛丽的职业就是婚姻咨询师,而且做得相当成功。她的办公室就设在这里,也就是加利福尼亚州的马林郡。她在业内颇有名望,据说是本地最优秀的咨询师。鬼知道她到底修复过多少段出现裂痕的情感关系。然而,不知是谁挥下毫无公平可言的一笔,让她的天赋和技术摇身一变,成为将他赶到这间凄凉共寓的帮凶。归根结底,玛丽的事业实在太过成功,以至于她难免对查克渐生蔑视之心,而且这情绪随着时间的推移越来越强烈。

事实上,他必须承认,要论事业上的成功,他和玛丽根本不是一个层次的人。

他的工作是为怀俄明州夏延市政府的情报局撰写仿生人程序,而且他非常喜欢这份工作。这些程序是为了情报局没完没了的政治宣传项目而写,环绕在美国四周的红色国家总是让他们十分紧张。在查克心底,他相信自己的工作极有意义,但无论从哪个角度来看,它都有些见不得人,报酬也算不上高。他编写出来的程序,即使委婉地说,也是幼稚、虚假又充满偏见的,内容可谓是无中生有。它的受众群体主要是美国和红色邻国的中小学生以及受教育水平低下的成年人群。老实说,他干的勾当与黑客无异,玛丽曾无数次指出过。

是黑客也好,不是黑客也罢,他就这么一直干着这份工作,尽管在六年的婚姻生活中,曾有过许多其他机会出现在他面前。也许,他是因为喜欢听见自己的文字从仿生人嘴里念出来;也许,他是觉得这工作背后的意义至关重大:美国在政治和经济上都在遭受攻击,必须想办法捍卫。国家需要为政府做事的人,哪怕薪水不高，哪怕工作性质与"英雄"和"荣耀"等字眼都沾不上边。总要有人来为宣传用仿生人撰写程序才行。之后这些仿生人会被分派到世界各处，作为反情报工作局的人员，努力煽动、游说和影响当地民众。

然而，危机于三年前降临。玛丽有位客户叫杰罗德·费尔德，是个电视制片人。他的婚姻问题复杂得惊人：他同时拥有三名情妇。独一无二的《邦尼·汉特曼秀》就是费尔德制作的，他还拥有同名电视改编漫画的大部分版权。玛丽和费尔德达成了一桩秘密交易：玛丽把查克的一部分编程手稿交给了费尔德，那是为当地的中情局旧金山支部而写的。费尔德读了以后很感兴趣，因为那些手稿颇为幽默——这正是玛丽选择它们的理由。幽默感正是查克的天赋所在，他写出的程序不像其他人那样华而不实、一本正经。有人评价过，他的作品幽默风趣，处处都是金句。费尔德也有同样的看法。他叫玛丽安排，想和查克见个面。

查克站在单调沉闷、狭小陈旧的共寓里，他连一件衣服都没带过来。他望着楼下的街道，回想起那之后和玛丽爆发的争吵。那次他们吵得特别厉害，同时又极具代表性。那场争吵可以完美地用来说明两人之间的分歧。

在玛丽看来，事情非常清楚：这是一个工作机会，必须牢牢把握在手里。费尔德开出的薪资不低,而且这又是个颇能带来声望的职位:在每周播出的《邦尼·汉特曼秀》最后,查克的名字都会列在编剧名单中,播放给整个资本主义世界。这样一来,玛丽就会为查克的工作而骄傲,因为这是份满溢着创造力的活计。骄傲——这就是整件事的关键词。对玛丽而言,创造力就是打开生活大门的口诀。为中情局工作、给宣传仿生人写程序,让他们对缺乏教育的非洲人、拉美人和亚洲人嘟嘟囔囔说个不停,这样的工作可毫无创造性可言。仿生人要传达的信息总是千篇一律。而且玛丽出入的社交圈子里都是些富有的自由派人士,在这样的上流阶层中,中情局口碑不佳。

"你就像——就像卫星园里扫落叶的工人!"玛丽愤怒地说,"做着一份公务员一样的工作,安逸稳定,不用奋斗。你才刚三十三岁,就已经放弃努力,不想出人头地了。"

"听着,"他无力地说,"你到底是我妈还是我老婆?你的职责就是拿鞭子赶着我走,非这样不可?我就非得往上爬才行吗?你是不是要我当上星际联盟总统才满意?"可是,除了地位和金钱之外,玛丽的理由里还有些别的什么。她显然希望查克变成另外一个人。她,作为世界上最了解查克的人,同时也为他感到丢脸。如果查克能当上《邦尼·汉特曼秀》的编剧,他就会变得不一样——至少在玛丽的逻辑里是这样的。

查克无法与这样的逻辑争辩，但他也没有投降。他没有辞职，也不会改变。好也罢，坏也罢，他内心的某个部分已经习惯，没法改变了。组成他本质的部分轻易不受外界影响，而他也不会轻易放弃那个部分。

窗外的街上，一辆闪闪发亮的白色雪佛兰豪华轿车降低高度，停落在路边。那是最新的六门车型。查克漫不经心地看着，突然惊觉那是属于他前妻的车。难以置信，但现实就是如此：玛丽来了。这么短的时间里，她就找到了查克。

他的妻子，玛丽·里特斯多夫博士，即将上门拜访。

查克感到一阵惊恐，伴随着越来越深的挫败感。他没能成功，没能找到一间让玛丽无从寻觅的共寓住下。再过几天，奈特·维尔德就会安排法律上的保护，但此时此刻，他别无选择，只能让玛丽进门。

很容易猜出她是怎么追踪到这里来的，普通的侦查设备很好买到，价格也不贵。玛丽估计是去找了家机器侦探事务所，雇了一只嗅探器，把查克的头形给它看了看。在两人分开后，嗅探器就一直跟着查克。到了如今这年代，找人是一门严谨的科学。

查克心想：如果一个女人下决心要找到你，那她就一定能找到。应该存在着与之相关的规律，也许可以用自己的姓将其命名为"里特斯多夫定律"。根据人渴望逃跑、躲藏的程度,侦查设备会——

有人敲响了共寓的空心门板。

查克不情愿地向门口走去,双腿沉重而僵硬。他心想:玛丽会来一番长篇大论,于情于理把话都说尽。而我呢,我当然不会跟她吵,我就是觉得我们没法过下去了,她对我的蔑视说明我们的关系已经彻底失败,永远不可能恢复亲密。

他打开了门。玛丽就站在门外,一头黑发,身材瘦削,穿着她最好也最贵的天然羊毛大衣,脸上没化妆。她冷静、干练、学识丰富,在各个方面都压过查克一头。"听着,查克。"玛丽说,"别以为就这么完了。我已经找好了搬家公司,他们会把你的东西都搬到储藏室去。我来是要你给我开张支票,把你支票账户里的钱都给我。我需要付账单。"

这么说,查克完全想错了。玛丽并不想巧舌如簧地说动他。完全相反,他的妻子之所以上门,是为了跟他一刀两断。查克实在太过震惊,只能站在原地,瞪大了眼睛盯着她看。

"我跟我的律师鲍勃·埃尔弗森谈过了。"玛丽说,"我叫他起草了一份房产除名契。"

"什么?"查克说,"为什么?"

"这样你只需要签字,把你的那份房产转让给我。"

"为什么?!"

"我好把房子卖掉。那房子对我来说太大了,再说我也需要钱。我要把黛比送到寄宿学校去,就是之前跟你说过的东边那家。"黛博拉是他们的第一个孩子。但她其实才六岁,要离开家也太早了。老天爷啊。

"让我先跟奈特·维尔德谈谈。"查克没什么底气地说。

"支票我现在就要。"玛丽没有进门的意思,就那么站着。查克感到一阵绝望的恐慌,充满失败和痛苦。他已经输了。无论玛丽想让他干什么,她都能得逞。

他进屋去拿支票簿,玛丽往共寓里走了几步。她并没有开口,但她显然对这个地方感到无以言表的嫌恶。查克忍不住畏缩起来。他无法面对那份嫌恶感,就背对着玛丽假装忙着写支票。

"对了,"玛丽以闲聊的平淡语气说,"既然我们已经永久分开了,我就可以接受那份政府工作了。"

"什么政府工作?"

"他们有个星际项目,需要心理学顾问。我跟你说过。"玛丽没有费心给他解释。

"哦,是的。"他隐约有点印象,"慈善事业。"十年前,地球与阿尔法星发生了冲突,这项目就是那场战争衍生出来的产物。

在阿尔法星系中的一颗卫星上，有一群地球人定居下来，并且因为战争，与世隔绝长达两代人之久。阿尔法星系包括二十二颗行星和十几颗卫星，其中像这颗卫星那样处于孤立状态的地方还有好几处。

玛丽接过支票，叠起来塞进了大衣口袋。

"那份工作有报酬吗?"查克问道。

"没有。"玛丽语气冷淡地说。

这么说，她会完全依赖查克的工资过活，同时还要养孩子。查克恍然大悟:玛丽希望财产分割的结果可以迫使他去做他一直拒绝去做的事情，这段六年婚姻破裂也正是因为此事。玛丽会动用自己在马林郡法庭中的巨大影响力得到她想要的判决，让查克不得不辞去中情局旧金山支部的工作，另寻出路。

"你——要去多久?"查克问道。显然，玛丽打算好好利用即将开始的新生活，尽情享受那些因为他而没能做到的事情——至少她觉得是因为他。

"大概六个月吧，要看情况。别以为我会保持联系，埃尔弗森会代表我出庭。我不会去的。"她又补充道，"我已经申请分别承担赡养费了，你就不用操心了。"

就连这个部分，她也夺走了主动权。查克总是动作太慢。

"一切都归你好了。"他突然这么对玛丽说。

玛丽的表情在说：可是你能给的都加在一起，还是不够多。在成就方面，他的"一切"无异于零。

"我没法给你我没有的东西。"查克轻声说。

"当然可以。"玛丽毫无笑意地说，"法官会看到我早就在你身上看到的东西。只要你别无选择，只要有人逼你，你也能负起责任来，达到大众对于一个有家室的成年男人的标准。"

查克说："可是——我总得有自己的生活吧。"

"你的首要义务是照顾我们。"玛丽说。

查克没有回答，他能做的只有点头。

玛丽带着支票离开之后，查克在共寓里四处寻觅了一会儿，在柜子里找到了一叠旧报纸。他在客厅的丹麦式老沙发上坐下来，把报纸好好地翻了一遍，寻找关于玛丽即将参与的星际项目的文章。那就是玛丽用来代替婚姻的新生活，他对自己说。

在一周前的《新闻管家》①上，他找到了一篇相对翔实的文章，便点了支烟，仔细地读起来。

美国星际卫生福利部表示，他们需要心理学家，因为阿尔法的卫星原本是医用区域，是一块专为地球移民所设的精神护理中

---

① 原文为homeopape，菲利普·迪克自造词，小说中指的是一份会自动筛选你感兴趣的内容的新闻报刊。

心。从地球到阿尔法卫星的移民很容易因为无法承受跨星系殖民带来的过高压力而崩溃。阿尔法星人几乎不去那里，只有些商船去做生意。

至于卫星的现状如何，所有信息都来自这些阿尔法星商人。据他们所说，在这颗医用卫星与地球当局失去联系的几十年中，卫星上发展出了某种文明。但他们无法对此文明进行评估，因为他们对地球习俗所知有限。总之，卫星上已有生产和贸易活动，也有工业存在。查克不禁奇怪，不知道地球政府为何觉得有必要插上一脚。他完全能想象出玛丽前去赴任的样子，她绝对是星际联盟之类的国际机构会选用的那种人。玛丽这种类型的人总会成功。

查克走到老旧的落地窗前，俯视着窗外站了一会儿。他能感觉到熟悉的冲动又一次在体内悄然涌起。那是一种做什么都是徒劳的无力感。无论法律或教堂怎么说，此时此刻，对他而言，只有自杀才是唯一真实的答案。

他找到了一扇敞开着的狭小侧窗，听着街对面一艘喷气出租机在屋顶上降落的嗡嗡声。那声音渐渐消失了。他等了一会儿，然后跨坐到窗沿上，脚悬空对着下方的车流……

一个不是他自己的声音在他头脑中说："不管你是否打算跳下去，请告诉我你的名字。"

查克回过头，看到一只来自木卫三的黄色黏菌不知何时从门缝钻了进来，此刻正在重组它的身体，聚成一堆挤在一起的小球。

"我是走廊对面的租客。"黏菌告诉他。

查克说："地球人一般要先敲门。"

"我没有用来敲门的部位。再说，我想赶在你——离开前，先进来。"

"跳不跳下去都是我自己的事。"

"没有地球人是一座孤岛。"黏菌引用了经过修改的诗句，"欢迎入住，我们这些租客幽默地将这里命名为'报废武器共寓'。你应该和其他人见个面，其中几位和你一样是地球人。还有几位不是地球人，有的外表会令你感到恶心，有的则会让你心驰神往。我本想向你借一杯制作酸奶的菌母，但目睹了你的'当务之急'后，这请求似乎有些侮辱人。"

"我什么都没带来。至少现在是这样。"查克把迈出窗口的腿收了回来，往房间里走了几步。木卫三黏菌的出现并没让他特别惊奇。四处都有非地球人的聚集区。在地球上，无论他们在自己族群里的影响力有多大、地位有多高，他们都只能居住在这种环境恶劣的次等住房里。

"如果我有能拿名片的部位，"黏菌说，"我就会递给你一张。我是天然宝石的进口商，二手黄金交易商，时机合适的话，有时也是邮票的狂热买家。老实说,我共寓里现在就摆着一套美国早期的精品邮票,其中最值得注目的是哥伦布系列的全新'四格套装',你想不想——"它中断了话头,"我看你也不想。不过自毁的念头暂时从你头脑中消失了,那就好。除了我之前提到的那几种商业活动,我还——"

"法律难道没有禁止你在地球上使用读心术吗?"查克问道。

"规定了,但你的情况属于例外。里特斯多夫先生,我没有办法雇用你,因为我不需要任何政治宣传服务。但我在九颗卫星上都认识不少人,只要给我一些时间——"

"不用了,谢谢。"查克粗鲁地说,"我只想一个人待着。"他在求职方面已经得到了一辈子也用不完的帮助。

"可是,我和你妻子不一样,我没有任何不可告人的动机。"黏菌涌动着向他靠近了些,"你和大多数地球男性一样,自尊的高低取决于挣取薪资的能力。在这方面,你对自己抱有极大的疑问和极深的歉疚感。我能帮上你的忙……但需要一些时间。我很快就要离开地球,回到自己的卫星上去了。不如这样吧,如果你跟我一起走,我就付你五百张皮——美国皮,当然了。如果你愿意,你可以把这笔钱当作贷款。"

"我去木卫三能干什么?"查克不耐烦地说道,"你也不相信我,是吧? 我有工作,而且我觉得这份工作就够了——我不打算辞职。"

"潜意识里——"

"别告诉我的潜意识在想什么。赶紧滚,让我自己待着。"他转过身去,不想再搭理黏菌人。

"恐怕你的自杀冲动还会回来的——甚至可能今晚之前就会回来。"

"让它回来好了。"

黏菌说:"只有一样东西能帮到你,我那可悲的工作邀请不算。"

"那是什么?"

"能代替你妻子的女人。"

"你简直在——"

"没有这回事。这并非出于肉体或精神上的考虑,只是实际的解决办法。你必须找到一个能接受你原本的样子,而且爱你的女人,否则你就会走向毁灭。让我考虑考虑。你先控制好自己,别做傻事。给我五个小时。你留在这儿别动。"黏菌慢吞吞地钻出门缝,它的思绪也随着距离变远而渐渐淡去,"身为进口商、买家、交易商,我和各行各业的地球人都打过交道……"它就此消失不见。

查克颤抖着点了支烟,走到离窗口非常远的地方,在古旧的丹麦式沙发上坐下来,开始等待。

　　他不知道该对乐于助人的黏菌做何反应。他既愤怒,又有些感动,除此之外还很困惑。黏菌真的能帮到他吗?感觉根本不可能。

　　他等了一个小时。

　　共寓的门外传来敲门声。不可能是那个木卫三的外星人,因为黏菌不敲门,也敲不了门。查克站起身,走过去开了门。

　　门外站着一位人类姑娘。

3

为了美国星际卫生福利部的公益工作,玛丽·里特斯多夫博士有无数的事情需要准备,但她还是抽出时间去办了点私事。她再一次坐喷气出租机去了纽约,到第五大道去找《邦尼·汉特曼秀》的制片人杰瑞·费尔德。一周前,她又挑了一批查克为中情局写的稿子送给杰瑞。这些稿子不仅是最新出炉的,而且是查克迄今为止最好的作品。现在她要去看看结果,看她丈夫,或者说前夫,能否拿到这份编剧工作。

既然查克不肯自己寻求更好的职位,那玛丽就帮他找。这是她的义务。至于原因,不说别的,至少接下来一年,她和孩子们都要仰仗查克的薪水过活。

出租机停靠在屋顶后,玛丽坐内部电梯下到九十层,在玻璃门边犹豫了一会儿,然后等门自动开启。她走进了费尔德先生的办公室外间，一位接待员正坐着那儿。接待员是个漂亮姑娘，化着浓妆，穿着件紧身蛛丝套衫。这姑娘让玛丽十分恼火，就算胸罩已经过时，她也没必要非得这么穿吧？毕竟她的胸部如此显眼，就算从实用的角度出发，也应该穿个胸罩才是。玛丽站在接待桌边，感到自己气得脸颊发红。她还做了人造乳头扩张手术，这实在是太过火了。

"您好？"接待员透过华丽而时尚的单片眼镜瞥了她一眼。一遇上玛丽冰冷的目光，她的乳头轻微地缩了一下，仿佛吓得进入了屈服状态。

"我要见费尔德先生。我是玛丽·里特斯多夫博士，我时间不多，必须在纽约时间下午三点整出发，去星际联盟的月球基地。"玛丽用自己简洁而严厉的语气说。

经过一堆繁杂的手续之后，接待员让玛丽进去了。

杰瑞·费尔德坐在仿制的橡木办公桌前——早在十多年前，真正的橡木就已经见不到踪影了。他坐在录像带投影仪旁，专心致志地工作。"稍等片刻，里特斯多夫博士。"他指了指一把椅子，示意她坐下。玛丽坐了下来，跷起腿，点了支烟。

微型电视屏幕上，邦尼·汉特曼正在扮演德国实业家。他穿着双排扣的蓝色西装，对董事会解释着企业同盟生产的新型自动犁如何应用于战争。一旦接收到敌军的消息，四把犁就会自动结合,变成一架新机器。它们结合出的并不是体积更大的犁,而是导弹发射器。邦尼用浓重的口音解释着,语气夸张,仿佛这是一项了不起的伟大成就。费尔德吃吃地笑了起来。

"我没多少时间,费尔德先生。"玛丽语气轻快地说。

费尔德不情愿地停下录像带,转向玛丽,"我把稿子给邦尼看了,他很感兴趣。你丈夫的幽默感有些干涩,缺乏活力,但货真价实。这种幽默是以前——"

"这我清楚得很。"玛丽说,"多年以来,他一直都会把稿子念给我听,在我身上试验他的笑话。"她快速抽着烟,整个人都紧张不已。"怎么样,你觉得邦尼能用得上他吗?"

"现在还什么都说不好。"费尔德说,"你丈夫得先和邦尼见个面才行。不然——"

办公室的门开了,邦尼·汉特曼走了进来。

这是玛丽第一次亲眼见到这位著名的电视喜剧演员。她满心好奇,邦尼真人和他在公众面前的形象有什么不同呢? 她觉得真人比电视上要矮一点,看起来衰老很多,头上秃了一大块,神色疲惫。老实说,真正的邦尼看起来像个忧心忡忡的中欧废品回收商。他穿着皱巴巴的西装,胡茬儿没完全剃干净,日益稀薄的头发揉成一团,还叼着一根即将抽完的雪茄。但他的眼睛很特别。他流露出的神色充满警觉,但又平易近人。玛丽起身面对邦尼站着。电视屏幕没能表现出他目光中蕴含的力量。那不仅仅是单纯的智慧,还有别的什么,对某种事物的了然——但玛丽不知道那事物是什么。不仅如此——

邦尼身上还散发出一种气场,一种忍耐着苦痛的氛围。他的脸庞和身体都深深地沉浸在这种氛围里。没错,玛丽心想,这就是他眼中神色的含义。那是对痛苦的回忆。很久以前经历的痛苦,但他从未忘记,也永远不会忘记。他诞生于这颗星球的意义就是为了受苦,难怪他能成为如此伟大的喜剧演员。对邦尼而言,喜剧就是一场战斗,是对实实在在的肉体痛苦进行的抗争;它也是由极度痛苦带来的反向作用,令他获得了极富影响力的至高声望。

"本,"杰瑞·费尔德说,"这位是玛丽·里特斯多夫博士,她丈夫就是我上周四给你看的那些中情局机器人程序的作者。"

喜剧演员伸出手。玛丽和他握了手,说:"汉特曼先生——"

"别,"喜剧演员说,"那是我的艺名。我生来即有的真名叫莱昂斯布拉德·利格。我当然得取个艺名啦,叫莱昂斯布拉德·利格的人要怎么开展演艺事业?你可以叫我莱昂斯布拉德,布拉德也行。杰叫我利莱,表示亲密。"他继续握着玛丽的手,又说,"硬要说我喜欢女人身上哪一点,那就是亲密感。"

"'利莱'是你的电报挂号代码,"费尔德说,"你又搞混了。"

"是吗？"汉特曼放开了玛丽的手，说道："那么，莱托芬格博士女士——"

"里特斯多夫。"玛丽纠正道。

"莱托芬格是德语里的'捕鼠人'。"费尔德说，"我说，邦尼，别再犯这种错误了。"

"抱歉。"喜剧演员说，"听我说，里特斯多夫博士女士。给我起个好听的名字吧，我还能用在别处。我可喜欢招引漂亮女人的关注了，我心里还住着个小男孩呢。"他说着微微一笑。但他的脸上，特别是那双眼睛里，仍然满溢着厌世的痛苦，承载着持续多年的重荷。"我愿意雇用你丈夫，只要能时不时见到你。只要他明白这背后真正的理由就好，外交家称之为'秘密协定'。"他对杰瑞·费尔德说，"你也知道，我的那些协定最近让我有多头疼。"

"查克现在住在西海岸的一栋破旧共寓里。"玛丽说，"我把地址留给你。"她迅速掏出纸笔写了下来，"跟他说，你需要他。跟他说——"

"可我不需要他啊。"邦尼·汉特曼轻声说。

玛丽谨慎地说："你不能和他见上一面吗，汉特曼先生？查克有独一无二的天赋，如果没人推他一把，我害怕——"

汉特曼噘起下嘴唇，说："你害怕他不好好利用这天赋，就这么白白浪费掉了。"

"没错。"玛丽点点头。

"可那是他自己的天赋,要怎么用是他的事。"

"我丈夫需要一些帮助。"我最清楚不过了,玛丽心想。理解他人就是我的工作。查克像是永远长不大的婴儿,必须依靠他人过活。要想让他行动,就必须在背后推他、在前面领着他才行。要不然,他会在那间肮脏又狭小的旧共寓里发霉,或者从窗户一头跳下去。玛丽认为,这份编剧工作是唯一能够拯救他的东西,尽管查克自己绝对不会承认。

汉特曼打量着她,说:"能和你做个附加交易吗,里特斯多夫太太?"

"什——什么交易?"玛丽瞥了费尔德一眼。费尔德面无表情,仿佛已经像乌龟那样缩了起来,整件事都与他无关。

"只要让我时不时见你一面就行。"汉特曼说,"不是为了公事。"

"我不会待在这里。我就要去给星际联盟工作了,要在阿尔法星系待上几个月,甚至几年。"玛丽感到一阵恐慌。

"那你老公就没新工作了。"汉特曼说。

费尔德开了口,"你什么时候出发,里特斯多夫博士?"

"马上。"玛丽说,"四天后就出发。我还得打包行李,送孩子去——"

"四天。"汉特曼沉思着说。他继续上下打量玛丽,"你和丈夫分居了?杰瑞说——"

"对。"玛丽说,"查克已经搬出去了。"

"今晚和我共进晚餐吧。"汉特曼说,"与此同时,我可以去一趟你丈夫的共寓,或者派个人去。我们可以给他六周的试用期……让他开始写稿子。如何?"

"我不介意和你一起吃晚饭,"玛丽说,"可是——"

"仅此而已。"汉特曼说,"就只是吃晚饭。你选哪家餐厅都可以,只要是在美国境内。不过,要是之后有了什么发展……"他微微一笑。

乘坐喷气出租机回到西海岸后,玛丽又坐市内单轨列车来到旧金山市中心,去了趟星际联盟的地区办公室。正是这一机构负责与她对接那份人人渴望的新工作。

很快,她就坐着电梯上了楼,陪同她的是星际联盟的公关专员,一位发型利落、衣品高雅的年轻人。据她所知,他叫劳伦斯·麦克雷。

麦克雷说:"一群《新闻管家》的记者在等你,想从你这儿得到些消息。他们会旁敲侧击,试图让你承认我们的治疗项目只是个幌子,实际是为了让地球秘密占领阿尔法三号 M2 卫星。也就是说,我们去那儿是为了重新建立殖民地,宣布卫星归我们所有,对卫星进行开发,然后送移民过去。"

"可那卫星在战前本来就属于我们。"玛丽说,"否则怎么会让我们把那儿当成医疗基地呢?"

"说得对。"麦克雷说。两人走下电梯,穿过一条走廊。"但已经有二十五年没有地球飞船去过那里了,在法律层面上,这就相当于终止了我们的领土所有权。五年前,这颗卫星重新宣布了政治和法律上的独立。但是,如果我们登陆后再次建起医疗基地,送去技术人员、医生和理疗师,还有其他所必需的一切,那我们就可以再次宣布主权——只要阿尔法星人还没有宣布主权的话。显然,他们还没有。他们还没从战争中完全恢复过来,也许是出于这个原因。也许他们已经去卫星上侦察过了,但是决定放弃,那儿的生态环境和他们的生物特征太不相配了。请。"麦克雷为她拉开了一扇门。玛丽走进门,发现屋内有十五六个《新闻管家》的记者已经就座,有些端着摄像机。

她深吸了一口气,在麦克雷的示意之后走上讲台,那里已经摆好了话筒。

麦克雷对着话筒说:"女士们、先生们,这位是玛丽·里特斯多夫博士,马林郡的著名婚姻咨询师。正如你们所知,她自愿参与本次项目。"

一个记者立刻开了口,语气懒洋洋的,"里特斯多夫博士,这项目叫什么名字? 精神病项目?"其他记者都笑了起来。

麦克雷替她回答了,"我们项目的正式名称是'五十分钟行动'。"

"等你抓到卫星上那些疯子,要把他们送到哪儿去?"另一个记者问道,"扫到毯子底下藏起来,不让人看见?"

玛丽对着话筒说:"首先,我们会对卫星展开调查,大概了解一下整体情况。我们已经知道,在最初送到卫星上的那些患者中,至少有一部分还活着,还有了后代。至于他们是否真的形成了自己的社会,必须承认,我们一无所知。我的猜测是那并不能称之为社会,他们仅仅只是勉强活着而已。对于还有希望的患者,我们会试着进行矫正治疗。当然了,我们最关心的是那里的儿童。"

"你们预计什么时候能抵达阿尔法三号 M2 卫星呢,博士?"有记者问道。几架录像机都在高速运转,发出类似于鸟群在远方飞过的轰鸣声。

"大概两周以内吧。"玛丽说。

"你参与这个项目是没有报酬的,对吗,博士?"又一个记者问。

"没有。"

"也就是说,你相信这个项目是造福于人民的?它的存在有着高尚的理由?"

"呃,"玛丽犹豫地说,"这项目——"

"那么,插手干涉这群前精神病患者的文化,会使地球从中得到好处吗?"记者的声音圆润而流畅。

玛丽转向麦克雷,"我应该怎么回答?"

麦克雷对着话筒说:"这不属于里特斯多夫博士的专业领域。她是一位训练有素的心理学家,不是政治家。她拒绝回答这个问题。"

一个记者站起身来。他又高又瘦,看上去十分老到。他拖长语调,一字一句地说:"星际联盟有没有想过不去干涉这颗卫星的发展?把那里的文化当作一个普通文化那样对待,尊重他们的价值观和习俗?"

玛丽迟疑地说:"我们对那里的了解还太少了。如果了解得多一些——"她没再说下去,搜刮着词句。"但那里的文化不是什么亚文化。"她说,"根本没有传统可言。那是一个由精神疾病患者和他们的后代组成的社会,二十五年前才刚刚诞生……你不能将它视为像木卫三或者爱奥尼亚一样平等的文化。精神疾病患者能发展出什么价值观呢?何况时间这么短。"

"可你自己也说了，"发问的记者慢条斯理地回复道，"在这个时间点上，你对他们根本一无所知，你知道的不过是——"

麦克雷对着话筒，语气尖锐地说："如果他们已经发展出稳定可行的文化，我们不会干涉。但这一判断是由像里特斯多夫博士这样的专家做出的，不是由你我，或者美国民众来决定。坦白说，我们认为，如果存在着一个由精神病人统治的社会，价值观由他们定义，信息渠道由他们掌控，那将是一颗无比危险的潜在炸弹。从中可能会诞生你所能想到的一切：狂热的新邪教、偏执的民族主义国家观念、疯狂而野蛮的破坏力——单单是这些可能性的存在，我们就已经有足够的理由去调查阿尔法三号M2卫星。这个项目是在捍卫我们自身的生命与价值观。"

记者团沉默了，他们显然被麦克雷的论述所打动。玛丽也同意麦克雷的说法。

记者会结束后，她和麦克雷走出房间。玛丽问道："那就是真正的原因吗？"

麦克雷瞥了她一眼，说："你是说，我们之所以要去阿尔法三号M2卫星，是因为疯子社群可能会给我们带来某些危害，因为这样的疯子社会让我们坐立不安？我想任何一个理由都很充分，至少对你来说应该够了。"

"我不该问吗？"玛丽睁大眼睛盯着这位仪表整洁的星际联

盟官员，"我只要——"

"你只要做好自己的治疗工作就足够了。对于如何医治病人，我不会对你说三道四；至于政治场合该如何应对，你又何必来对我指手画脚呢？"麦克雷表情冷淡地对着她。"不过，我可以再告诉你'五十分钟行动'的另一个目的。也许你还没有意识到，过了二十五年，由精神病人组成的社会完全有可能发展出了一些新科技。而这些科技完全可以为我们所用。特别是那些躁狂症患者——他们可是大脑最活跃的一群人。"他按下了电梯按钮，"以我的理解，他们颇具创新力，妄想症患者也一样。"

玛丽说："地球没有在更早一些的时候派人去那边，理由就是这个吗？你们想看看他们能发展出什么东西来？"

麦克雷微微一笑，安静地等待电梯到来。他没再回答玛丽。玛丽觉得他看起来充满了绝对的自信。但是，在对精神疾病的认识方面，绝对自信是一个错误，有时还会酿成大错。

一个小时后，在回马林郡的路上，玛丽突然意识到政府立场中存在着最基本的矛盾。一方面，他们调查阿尔法三号M2卫星的文化，是因为害怕对方可能对自己不利；另一方面，他们调查也是为了看看那里是否发展出了什么新科技。差不多一个世纪之前，弗洛伊德就已经论述过这种双重逻辑是多么虚伪，两种立场实际是互相抵消的。政府不可能同时出于这两种理由行动。

　　精神分析已经证明,一般而言,如果针对某项行为存在两种互相矛盾的解释,那么这两种解释就都不是真正的动机。真正动机应该是当事人,或者就此事来说,是政府官员,都没有意识到的第三种理由。

　　玛丽不禁想知道,这件事背后的真正动机是什么。

　　无论如何,她自愿参加的这个项目没有一开始看上去那么理想化了,恐怕背后的目的并不单纯。

　　无论政府的真正意图为何,她的直觉告诉她,那动机恐怕非常实际、粗暴、自私。

　　除此之外,她的直觉还告诉她了另一件事。

　　她可能永远也不会知道真正的动机到底是什么。

　　玛丽聚精会神地整理着满满一抽屉的毛衣,突然意识到屋里不止她一个人:两个男人站在门口。她迅速转过身来。

　　"里特斯多夫先生在哪里?"两人中年纪较大的一个问道。他递过来一张黑色身份卡。玛丽看了一眼,得知这两位来自中情局的旧金山分部,也就是查克工作的地方。

　　"他搬出去了。"她回答道,"我把地址给你。"

　　"我们得到匿名消息,"年纪较大的男人说,"你丈夫打算自杀。"

　　"他一直如此。"玛丽说,写下了查克所住的那间老旧楼房的地址,"我一点儿也不担心。他病了很久,但至今还活着。"

年长的中情局特工充满敌意地打量她,"据我所知,你和里特斯多夫先生分居了。"

"没错,这与你无关。"玛丽对他露出公事公办的短暂微笑,"那么,我能继续收拾行李了吗?"

"我们机构总会对雇员提供一定的保护。"中情局的男人说,"如果你丈夫自杀了,我们会展开调查,决定你要为此担负多少责任。"他又补充道,"考虑到你是婚姻咨询师,这恐怕会是件相当丢脸的事,你不这样认为吗?"

玛丽沉默片刻,说:"嗯,我想是的。"

另外一位中情局特工年纪较轻,留着平头。他说:"就当这是一次非正式警告吧。请慢慢来,里特斯多夫太太,别给你丈夫施加太多压力。明白了吗?"他的目光冰冷得不似活人。

玛丽点了点头,忍不住打了个寒战。

"另外,"年长的那位说,"如果你丈夫回来了,叫他到分局报到。他旷工了三天,但我们还是想和他谈谈。"两个人都离开房间,向大门的方向走去。

玛丽继续收拾行李,在两个中情局特工离开后放松下来,忍不住大口喘气。

中情局可没法指挥我,她对自己说。我自己的丈夫,我爱跟他说什么就说什么,爱怎么做就怎么做。他们可保护不了你,查克。她一边对自己这么说,一边将毛衣一件又一件粗暴地塞进行李箱。说实话,你把中情局卷进来只会帮倒忙,等着瞧吧。她对自己说。

你这个吓坏了的可怜虫,玛丽笑出了声。还以为派同事来吓唬吓唬我就能怎么样呢。也许你害怕他们,我可不怕。他们只不过是一帮笨头笨脑的蠢条子。

玛丽一边继续收拾,一边考虑着要不要给律师打个电话,把中情局施压的事告诉他。不,还不到时候。她如此决定。等布里佐拉拉法官开庭的时候再说吧。那时候,我再把这件事当成证据递上去,证明嫁给他给我带来了怎样的后果:总有警察持续不断地上门骚扰,就因为我提议帮他找份新工作。

她兴致勃勃地把最后一件毛衣塞入行李箱,关上箱盖,然后干脆利落地锁好了箱子。

可怜的查克,她在心里说。只要上了法庭,你就完了。你根本不知道即将发生什么,你这辈子都要付钱养着我。只要你还活着,亲爱的,你就摆脱不了我。我会让你一无所有。

她开始打包她数不清的裙子,小心地将它们和专用衣架一起摆入大箱子里。

你会付出代价的,她在心里说,你根本付不起的代价。

4

门外的姑娘用轻柔而又迟疑的语气说:"嗯,我叫琼恩·德里雅斯特。奔跑蛞蝓殿下说你刚搬进来。"她四处打量,目光越过查克·里特斯多夫,看向他身后的共寓,"你还什么东西都没搬进来呢,是吗?我能帮上什么忙吗?如果你愿意,我可以帮你把窗帘挂上,把厨房里的架子都擦干净。"

查克说:"谢谢,不用了。"黏菌主动帮他找了这姑娘过来,这让他有些感动。

他判断这姑娘还不到二十岁。她把棕发绑成一条大辫子垂在背后,没染什么特别的颜色,就只是普通的头发。她的脸色有些苍白,甚至过于苍白了。另外,她的脖子在查克看来也有点太长了。她还算瘦,但根本没什么身材可言,身上穿着贴身的黑裤子和男士棉衬衫,脚上穿着一双拖鞋。查克觉得她应该没穿胸罩,还算顺应时尚潮流,但她的乳头在白色棉衬衫下只是两块平坦的黑斑,显然没有进行最近流行的扩张手术,不知道是负担不起,还是懒得费那个心思。查克意识到,她可能很穷,也许还是个学生。

"奔跑蛤蜊殿下来自木卫三,"琼恩·德里雅斯特说,"就住在你对面。"她微微一笑。查克注意到,她有一口整齐的小白牙,形状规则,几近完美。

"嗯,"查克说,"大概一小时前,他从门缝里溜了进来。"他又补充,"还说会派人过来。他显然是以为——"

"你真的想自杀吗?"

沉默片刻后,查克耸了耸肩,"黏菌是这么认为的。"

"看来是真的。现在我还能看出来,你整个人都是那种气氛。"姑娘越过他,径直走进了共寓,"我是个——那什么,灵能人士。"

"什么样的灵能?"查克没关门,进屋找到他带来的那包"长红"香烟,点了一支,"不是有很多种类吗,有的能移动大山,有的只能——"

琼恩打断了他,"我的力量很弱,你看这儿。"她转过身来,拉起衬衫的翻领。"看见我的徽章了吗?美国灵能者协会成员,货真价实。"她解释道,"我的能力是让时间倒流。但只能在有限的空间内,大概十二英尺①长、九英尺宽吧,和你的客厅差不多大。最多倒流五分钟。"她微微一笑,查克再次惊叹于她的牙齿。那口白牙重塑了她的整张脸,让她变成了一个美人。只要她露出微笑,她就是一幅赏心悦目的画。在查克看来,这说明了她的某些特质:她的美丽源自内在。她的内心想必十分美好。查克想到,再过几年,随着年龄的增长,她的美丽会慢慢由内而外地散发出来,反过来影响她的外表。等她到了三十或三十五岁,她就会耀眼而不可方物。现在,她还只是个孩子。

"这能力有用吗?"他问。

"用途有限。"琼恩坐在丹麦式老沙发的扶手上,双手插进紧身裤的裤兜里,解释道,"我为罗斯市警察局工作。如果有特别严重的交通事故,他们会第一时间把我送到现场去,然后——你可能会笑,但这是真的——我会把那里的时间倒回事故发生之前。有时候我可以把刚死去的人救活,除非我到得太晚,离事故发生已经超过了五分钟。明白了吗?"

"明白了。"查克说。

"我的薪水不高,更糟糕的是,我必须二十四小时待命。我在共寓等着,接到通知就坐高速喷气机赶过去。明白了吧?"她侧过头去,指了指自己的右耳。查克看到她耳朵上镶嵌着一枚

_____

① 1英尺约为0.3米。

小小的短粗圆柱体,意识到那是警用受信器。"我得随时听着才行。也就是说,我必须时刻待在交通工具附近,最远也得几秒钟就能赶到才行。我可以去餐厅、戏院、别人家什么的,可是——"

"嗯,"查克说,"也许什么时候,你能救我一命。"他心想,如果我真的跳了楼,你会把我强制救回来。这可真是项了不起的服务……

"我救过很多人。"琼恩伸出一只手,"能给我一支吗?"

查克递给她一支烟,帮她点了火,对自己之前的精神状态感到一阵内疚。他总是会为此感到内疚。

"你是做什么的?"琼恩问道。

查克不情愿地描述了在中情局的工作。他不情愿倒不是因为这是机密信息,而是因为这工作在大众眼中的地位非常低。琼恩·德里雅斯特认真地听着。

"这么说,你负责保护我们的政府,不让它倒台。"她露出明亮的微笑,"多棒啊!"

查克感到开心,"谢谢。"

"我是说真的! 你想想看——在这一刻,有几百个仿生人遍布敌方世界,说着你创作的话语,在街角和丛林里叫住人们,向他们宣传……"琼恩的眼睛闪闪发光,"而我只能帮帮罗斯市警察局的忙。"

"有这么一条定律，"查克说，"我给它起名为'里特斯多夫回报递减第三律'。这条法则的内容是，你做一项工作的时间越长，在你看来，它的价值就会变得越来越低。"他向琼恩回以微笑。她眼睛中的光芒和牙齿的亮白色都让微笑变得很容易。他不久前那让人喘不过气的绝望心情逐渐淡去了。

琼恩在共寓里走来走去，"你会搬很多东西过来吗？还是这样就够了？我可以帮你装饰家里，奔跑蛤蜊殿下也会在他力所能及的范围内帮忙。走廊另一头住着从木星来的液体金属生命，他叫埃德加。最近他正在冬眠，但等他醒过来，也会帮忙的。住在你左边的是从火星来的巫鸟，就是那种有彩色头饰的……它没有手，但可以通过念力移动物体。它也想来，但今天来不了，它正在孵蛋呢。"

"老天，"查克说，"这楼也太多元了。"他有点难以消化。

"还有呢，"琼恩说，"你楼下是从木卫四来的格里布树懒。它缠在一盏三头立灯上，那种立灯在这些共寓里很常见……大概是二十世纪六十年代遗留下来的。等太阳下山，它就会醒过来，出门去买吃的。还有黏菌，你已经见过了。"她大口吸着香烟，姿势稍微有点不熟练。"我喜欢这地方，这儿能见到各种各样的生命形态。在你之前，住在这儿的是一片金星苔藓。我救过它一命，它差点儿干死……你也知道，它们必须保持湿润才行。马林郡这儿的气候对它来说还是太干燥了。最后它搬回俄勒冈州去了，那儿总是下雨。"她顿了顿，转头打量着他，"你好像惹了很多麻烦。"

"没什么实际上的麻烦。只是想象中的，可以避免的那种。"他心想，只要好好动脑子，这一切就根本不会发生。我根本不会娶她。

"你妻子叫什么名字？"

查克吃了一惊，说："玛丽。"

"别因为和她分手了就想去死。"琼恩说，"再过几个月，或者几周，你就会觉得自己又完整了。现在你肯定觉得像是一个生命体被活活切成了两半，而你就是其中的一半。分裂过程是很痛苦的，以前有个原生质曾经住在这里，所以我知道……它每次分裂都很痛苦，但是为了成长，它必须分裂不可。"

"我想成长总是很痛苦。"查克走到落地窗前，再次俯视外面的步行斜坡、汽车和喷气机。他差点儿就跳下去了……

"这地方生活起来挺不错的。"琼恩说，"我清楚，我住过很多地方。当然了，罗斯市警察局所有人都听说过'报废武器共寓'。"她坦诚地说，"这儿闹过很多麻烦事。小偷小摸，打架斗殴，还发生过一起凶杀案。这地方不是很干净……你也看得出来。"

"但是——"

"但是我觉得你应该住下来。你会认识很多人的。特别是在夜里，那些非地球的生命体就开始活动了。你回头就知道了。奔跑蛤蜊殿下是个很好的朋友，他帮助过很多人。木卫三生物具有一种圣保罗称为'博爱'的品质……记住，圣保罗说过，博爱是所有美德里最伟大的一种。"琼恩又补充道，"我想，用现代语言来讲，就是同理心吧。"

共寓的门开了，查克猛然回头，见到了两个他非常熟悉的人：他的上司杰克·埃尔伍德和同为撰稿人的同事皮特·佩特里。见到他，两个人都露出了如释重负的神情。

"去他的，"埃尔伍德说，"我们还以为来晚了呢！我们以为你在家，还专门去了一趟。"

琼恩·德里雅斯特对埃尔伍德说："我是罗斯市警察局的人。能给我看看你们的身份证件吗？"她的声音十分冷静。

埃尔伍德和派崔给她出示了中情局的证件，随即走到查克身边。"市警在这儿干吗？"埃尔伍德问道。

"是我朋友。"查克说。

埃尔伍德耸耸肩，显然不打算追问详情。"你就不能找个好点的共寓住吗？"他打量着房间，"这地方简直臭不可闻。"

"暂时性的。"查克不太舒服地说。

"你可别这么堕落下去。"皮特·佩特里说,"还有你的假期,局里给取消了。他们认为你应该去上班,为了你自己好。你一个人待着只会胡思乱想。"他瞥了琼恩·德里雅斯特一眼,显然想知道她是否阻止了查克自杀,但没人主动提供答案。"跟我们一起回局里吧?要做的事多得是,估计你熬夜也干不完。"

"谢谢。"查克说,"可我还得把东西都搬过来。我多少得把这地方布置一下。"他虽然很感激两人的关心,但还是想一个人待着。他的本能就是爬到安全的地方躲起来,这是他骨子里的东西。

琼恩·德里雅斯特对两名中情局人员说:"我可以陪他一会儿,等接到紧急呼叫了再走。五点左右一般会出事,也就是下班高峰开始的时候。但在那之前——"

"听着。"查克语气不善地说。

三个人都转过头来,疑惑地看着他。

"如果一个人想自杀,"查克说,"你们是阻止不了的。也许你们可以推迟他自杀的时间,也许像琼恩这样的灵能人士能把他给拉回来。但就算推迟了,他迟早也会自杀。就算救活了,他也会找别的办法再来一次。所以你们都别管我了。"他感到疲惫,"四点我得去见律师——我有好多事要忙,没时间一直站在这儿闲聊。"

埃尔伍德看了眼手表，说："我送你去见律师。时间刚好来得及。"他冲派崔比了个手势。

查克对琼恩说："也许回头我们还会再见。"他太累了，已经不在乎回头是在哪种情况下见面。"谢了。"他语焉不详地说，并不清楚究竟为什么要感谢她。

琼恩谨慎地强调："奔跑蛞蝓殿下在他的房间里，他能接收到你的想法。如果你再试图自杀，他会听见并出手干预的。所以如果你还打算——"

"好了，"查克说，"我会找个别的地方。"他在埃尔伍德和派崔一左一右的护送下走向门口，琼恩跟在后面。

出门进了走廊，查克看见黏菌的门开着。黄色大圆球的表面轻微波动，算是打招呼。

"也谢谢你。"查克语带讽刺地说，随即和中情局的两位同事一起继续向外走去。

在开车去奈特·维尔德的旧金山办公室的路上，杰克·埃尔伍德说："那个'五十分钟行动'——我们已经发出请求，从这边派个人去参加登陆小队。这是个例行请求，肯定会通过的。"他别有深意地瞥了查克一眼，"我想仿生人能派上用场。"

查克·里特斯多夫心不在焉地点点头。派仿生人去参加可能会遭遇敌对势力的项目是老规矩了。中情局的行动预算有限,不想冒险让人员牺牲。

"其实,"埃尔伍德说,"要派去的仿生人已经制作完毕,现在就在办公室里。是帕罗奥图市的G.D.公司给我们做的。你想看随时可以过去看。"他从外套口袋里掏出一本小小的笔记,读着上面的信息,"名字叫丹尼尔·梅吉布姆,二十六岁,盎格鲁-撒克逊人。拥有斯坦福大学的政治学研究生学位。在圣荷西州立大学当了一年老师,然后加入了中情局。这是给项目其他参与者的信息。只有我们自己知道,他是为我们搜集情报的仿生人。"他总结道,"我们还没决定好让谁来当丹尼尔·梅吉布姆的操控员。也许是约翰斯通吧。"

"那个白痴吗?"查克说。仿生人能够自动运行,但其能力有限。在这样的行动中,需要做出的决策太多了。如果没人在后面帮忙,丹尼尔·梅吉布姆很快就会暴露自己并非真人。他能走路、说话,但是到了要做出下一步决策的时候,就会需要一名操控员安全地坐在旧金山中情局大楼一层的办公室里,远程控制他的行动。

埃尔伍德把车停在奈特·维尔德办公楼的屋顶停车场里,沉吟道:"我在想,查克,不知道你愿不愿意来控制丹尼尔。就像你说的那样,约翰斯通并不是最佳人选。"

查克瞥了他一眼，很是吃惊，"为什么？我不是干这个的。"中情局自有一群专门接受训练、负责控制仿生人的专家。

"就当给你卖个人情。"埃尔伍德慢慢地说，遥望着通勤高峰期如烟雾般飘在城市上空的飞机长队，"给你个机会陪老婆，虽然是这种方式。"

查克沉默了一会儿，"绝对不要。"

"那就当监视她吧。"

"监视她干什么？"查克感到迷惑又愤怒。

"让我们现实一点吧。"埃尔伍德说，"中情局的读心人员一清二楚，很明显你还爱着她。而我们需要有个人全职操控丹尼尔·梅吉布姆。派崔可以替你写几周稿子。你可以先答应下来做做看，要是实在不喜欢，随时退出回去写稿子就好。拜托，你给仿生人写程序都好几年了，远程控制应该不成问题——我赌你一定行。这样你就能和玛丽坐一艘飞船，和她同时抵达阿尔法三号 M2 卫星——"

"不要。"查克重复道。他打开车门下了车，"回头见，谢谢你送我过来。"

"要知道，"埃尔伍德说，"我完全可以命令你接下远程控制的工作。如果我觉得这对你来说是最好的选择，我会的。也许这确实是呢。这样吧，我先管联邦调查局要来你妻子的档案读一读,看看她是个什么样的人——"他挥了下手,"然后我再决定。"

"什么样的人,"查克说,"会让你决定要我通过中情局仿生人监视她?"

埃尔伍德答道:"值得让你和她复合的女人。"他关上车门,派崔启动了发动机,汽车飞上天,汇入了傍晚的天空。查克站在屋顶上,看着他们离开。

真是典型的中情局思考方式,他在心里嘲讽道。哈,我早该习惯了。

但埃尔伍德有一件事说得没错。查克确实已经写过大量的仿生人程序,写出的稿子充满经过精心筹划的说服力。如果由他来操控,不管仿生人是丹尼尔·梅吉布姆还是谁,对他来说都只是小菜一碟。他能让仿生人变成一件反应敏锐的精准工具,一台有能力引导和愚弄周围人的机器,甚至可以将他们带入歧途。他本人并没有这样的口才,他的天赋只能在稿子里体现出来。

在查克手里,丹尼尔·梅吉布姆能通过对玛丽·里特斯多夫施加影响力而大显身手。对于这一点,查克的上司杰克·埃尔伍德比世上任何人都清楚,也难怪埃尔伍德会主动提出来。

但是,这件事暗含凶兆。这种可能性让查克难以接受。他的直觉告诉他这件事不会有好结果,因此不由得退缩了。

　　然而，他也没法干脆利落地断然拒绝。只要活着，只要存在于地球上，事情从来都没有那么简单直接。

　　也许可以让他信赖的人来操控仿生人，比如说派崔。这样，他会考虑到查克，为他的利益着想。然后查克又想道：到底怎样算是对我有好处呢？他一边沉思，一边乘坐内部电梯下楼。他的脑子里突然冒出了一个新主意，与上司杰克·埃尔伍德的提议不太一样。

　　他心想：倒是有一件事，也许可以在这样的情况下实现。一个中情局仿生人，陪着玛丽，前往另一个星系的某颗卫星……进入一个疯子社会，周围全是精神病人。在这样难得的条件下，也许真的会有机会。

　　他无法和任何人讨论这个想法，连对自己坦白承认都很困难。然而，这个想法总比自杀来得好，而他差点儿就自杀成功了。

　　在这样的条件下，我也许真的可以想办法杀了她。查克对自己说。工具就是中情局的仿生人，或者说是通用动力公司的仿生人。法律上，我完全有可能获得无罪释放，因为如此远程进行控制的仿生人经常会自主行动，他们的自动电路经常优先于控制者发来的远距离指示。不管怎样，这值得一试。到了法庭上，我可以辩称是仿生人自己干的。我能拿出无数技术资料，证明这些行为对仿生人而言是家常便饭……在中情局的行动历史里，在重大关头出现这样的差错并不稀奇。

这样压力就在公诉方身上了，他们必须拿出证据，证明是我给仿生人下的命令。

他来到了奈特·维尔德的门前。门开了，他走了进去，仍然沉浸在思考里。

这也许是个好主意，也许不是。这样做的好处还有不少值得商榷的地方，不管是在道德方面，还是在单纯的可行性方面。但不管怎样，这样的念头一旦出现，就盘旋不去。它如成见般进入查克的头脑，牢牢地占据了地盘，没有办法驱散。

就算是理论层面，这也算不上什么"完美犯罪"。他具有重大嫌疑，郡立或州立法庭的公诉人会立刻准确推断出发生了什么，不管负责处理此起案件的人到底是谁。《新闻管家》的记者也一样能够推断出来，从事这一行的人里有几位拥有整个美国最为精明的头脑。但怀疑和立证完全是两码事。

他还可以在一定程度上利用中情局，躲在他们用来隐藏活动内容的"最高机密"保护帘之后。

地球和阿尔法星系之间距离漫长，超过了三光年。一般来讲，没有人能隔着这么遥远的距离犯下杀人罪。只要一段电磁信号进入了太空，难免会出现信号衰减的情况，就有理由认定它是一个恒定影响因素。只要辩护律师水平到位，光这一点就已经足够大做文章。

　　而奈特·维尔德正是一位优秀的律师。

5

当晚,查克在蓝狐餐厅吃过晚饭,给上司杰克·埃尔伍德的家里打了个电话。

"让我看看那个叫丹尼尔·梅吉布姆的家伙吧。"他措辞谨慎地说。

狭小的可视电话屏上,上司露出了一个微笑,"行啊。简单得很——你就回现在住的那个破破烂烂的共寓吧,我叫丹①直接过去。他正在我家厨房洗碗呢。是什么让你下了决心?"

"没什么特别原因。"查克说完,挂了电话。

他回到了共寓。夜晚,在嵌入式壁灯不稳定的光芒下,这地方比之前还要压抑。查克坐下来等丹。

他随即就听见走廊里有人说话,一个男人正在打听他的名

---
① 丹尼尔的昵称。

字。木卫三黏菌的思绪随即钻入了他的脑海,"里特斯多夫先生,走廊里有位先生在找你,请你开门迎客吧。"

查克起身走到门边,开了门。

一个中年男人站在门外。他很矮,大腹便便,身上穿着一套款式陈旧的西服。"你就是里特斯多夫?"男人阴沉地问他,"老天爷,这地方真要命。住的还都是奇奇怪怪的非地球人——你一个地球人住这儿干吗?"他掏出手帕,擦了擦满是汗水的大红脸,"我是邦尼·汉特曼。你是编剧,对吧? 还是说这是场骗局?"

"我给仿生人写稿子。"查克说。这绝对是玛丽干的好事,她要确保查克有份高收入,好支付离婚后的赡养费。

"你怎么会认不出我来?"汉特曼不满地说,"我可是个大明星,难道你根本不看电视?"他不耐烦地吸起了雪茄,"行吧,我来都来了。你到底想不想为我工作? 听着,里特斯多夫——我可没有跑来求人的习惯。但我得承认,你写的东西真不错。哪间屋子是你的? 我们非得站在走廊里说话吗?"他瞥见查克共寓半开的门,立刻大步走过去进了屋。

查克跟在后面,大脑飞速运转。显然,汉特曼不是轻易就能打发走的那种人。但就算汉特曼在场,对事情也没什么影响,这倒是个测试仿生人丹尼尔·梅吉布姆的好机会。

"你得明白,"他关上共寓的门,对汉特曼说,"不是我主动要找这份工作的。"

"当然，当然。"汉特曼点着头说，"我明白。你是个爱国者，喜欢为那身'我是小间谍'的制服干活。听好了。"他伸出一根手指，冲查克挥了挥，"我能给你你现在三倍的工资。你能写的范围也宽得多。当然了，最后用哪些稿子、具体用哪些词，还是我说了算。"他环顾共寓客厅，一脸惊恐，"我的天。这让我想起小时候住的布朗克斯区。我说，这可真是穷到家了。怎么回事，你老婆在离婚协议里狠狠地敲了你一笔？"他的眼睛里闪着光，眼神睿智而充满同情。"是啊，搞不好就会变成这样。我再了解不过了。我离过三次婚，每次赔偿都贵得见鬼。法律是站在女人那一边的。你的老婆，她很有魅力，可是——"他做了个手势，"说不上来。她有点冷淡，你明白我的意思吗？有点……像是成心的。我可一点儿也不羡慕你。跟那种女人打交道，你可得小心别让她在法律问题上缠上你。一定要保证一切都百分之百合法，懂吗？最多也就是有场外遇。"他上下打量查克，"你是适合结婚的那个类型，我看得出来。你讲求公正。她那样的女人很容易就能让你粉身碎骨，把你压得比虫子的屁股还扁。"

有人敲门。同一瞬间，木卫三的黏菌奔跑蛤蜊殿下又将思绪传入了查克的脑海，"又一位客人，里特斯多夫先生。这次是个年轻人。"

"失陪一下。"查克对邦尼·汉特曼说,走过去开了门。

"到底是谁在脑袋里说话?"汉特曼在他身后嘟囔。

这次出现的是一位脸色恳切的年轻男人,相貌英俊,打扮光鲜,身着最时髦的哈丁兄弟套装。他对着查克说:"是里特斯多夫先生吗?我是丹尼尔·梅吉布姆。埃尔伍德先生让我来找你。"

它的做工相当不错,完全看不出是个仿生人。意识到这一点,查克心中一喜。"是我,"他说,"进来吧。"他领着仿生人走进了寒酸的共寓。"梅吉布姆先生,"他介绍道,"这位是著名电视喜剧演员,邦尼·汉特曼。就是那个—— 一阵'呀呀砰砰',然后跑出来的穿着巨大兔子①套装的人;斗鸡眼,招风耳,就是那个汉特曼。"

"太荣幸了。"梅吉布姆说,伸出手。他和汉特曼握了手,他们互相打量着。"我经常看你的节目,实在令人捧腹。"

"是吗?"邦尼·汉特曼喃喃,不快地瞥了查克一眼。

查克说:"丹是我们局里的新员工,这是我们第一次见面。"他又补充道:"之后我们会一起工作。"

"才不会呢。"汉特曼语气强硬地说,"你马上就要为我工作了——你不明白吗?我随身带着合同呢,之前就叫律师写好

_____
① 邦尼的英文bunny在英语中也有兔子的意思。

了。"他紧皱眉头,在大衣口袋里摸来摸去。

"我打扰你们了吗?"梅吉布姆说,谨慎地后退了一步,"我可以回头再来,里特斯多夫先生。——查克,如果你不介意我这么叫的话。"

汉特曼瞥了他一眼,耸了耸肩,翻开合同。"看这儿,瞧瞧你的工资有多高。"他用雪茄指着合同,"这身'我是小间谍'制服能给你带来这么多钱吗?要我说,逗美国人发笑也是种爱国行动,这样可以鼓舞士气,打败那些红色分子。老实说,比你做的事对国家的贡献更大。仿生人都是些铁石心肠的浑球儿,看着他们我就发怵。"

"我同意。"丹尼尔·梅吉布姆说,"但是呢,汉特曼先生,这话还可以从另一面来说,如果你不介意让我占用一点儿时间来解释的话。这位里特斯多夫先生,查克,他所做的工作非他不可。为仿生人写程序是一种艺术。如果没有专业程序,他们不过是一堆废铁,连小孩都能看出他们不是真人。可是,一旦有了恰当的程序——"他微微一笑,"你从没亲眼见过查克的仿生人吧?那可太了不起了。"他又补充道,"派崔先生的水平也不错,在某些地方甚至还要更优秀。"

给这仿生人写程序的绝对是派崔,逮着机会就说自己的好话。查克忍俊不禁。

"那我去雇这个叫派崔的家伙算了。"邦尼·汉特曼阴沉地说,"既然他这么优秀。"

"考虑到你的需要,"梅吉布姆说,"派崔可能更合适。我知道查克的稿子里有东西吸引了你,但他的问题在于,那东西时有时无。我很怀疑他的稿子质量能否稳定在同一水平,而在你那里工作,稳定性是必不可少的。但是,如果将它看作许多调料中的一种——"

"滚蛋。"汉特曼对梅吉布姆粗鲁地说,又转向查克,"我不喜欢三人谈话,我们能换个地方吗?"丹尼尔·梅吉布姆的存在显然令他很恼火……汉特曼似乎感觉到梅吉布姆身上有什么地方不太对。

黏菌的思绪又在查克头脑中冒了出来,"那位美丽出众的女孩刚进楼,里特斯多夫先生,就是你注意到没做乳头扩张术的那位。她在找你,我已经跟她说了,叫她上来。"

邦尼·汉特曼显然也接收到了黏菌的心灵信号,受不了地呻吟一声。"我们还能不能好好谈了? 这又是他妈的什么人?"他转头盯着着房门。

"德里雅斯特小姐不会打扰你们的谈话,汉特曼先生。"丹尼尔·梅吉布姆说。查克瞥了仿生人一眼,没想到他对琼恩已经有了一定的判断。他突然意识到,仿生人正处于远程操控状态。

这样的反应绝不是自动程序,是派崔在中情局旧金山分局里遥控他。

门开了,琼恩·德里雅斯特有些犹豫地站在外面。她身着灰色毛衣和紧身连衣裙,光脚穿了双细跟高跟鞋。"我打扰到你了吗,查克?"她问道。"汉特曼先生。"她又说,脸涨得绯红,"我看过几百次你的演出——我觉得你是当今世上最伟大的喜剧演员。你和席德·凯撒①那些老戏骨一样伟大。"她的眼睛兴奋得闪闪发光。她紧紧靠在邦尼·汉特曼身边,但小心地避免碰到他。"你和邦尼·汉特曼是朋友?"她又问查克,"你真该早点告诉我。"

"我们正谈生意呢。"汉特曼呻吟一声,"这还怎么谈?"他开始在狭小的客厅里来回踱步,脸上不停地冒着汗。"我放弃了。"他如此宣布,"我不能签下你,没戏。你认识的人太多了。编剧就应该拒绝社交,与世隔绝才对。"

琼恩·德里雅斯特没把共寓的门关上,现在黏菌缓慢地涌动着进来了。"里特斯多夫先生,"它冲查克发射着思绪,"我有急事要和你单独谈谈。你能到走廊对面我的共寓里来一下吗?"

汉特曼背过身去,恼火地喊叫一声,走到窗边向外张望。

查克不明所以地跟着黏菌穿过走廊,进了它的共寓。

"把门关上,离我近一点。"黏菌说,"我不想让其他人接收到

---

① 席德·凯撒(Sid Caesar,1922—2014),美国著名喜剧演员。

我的思绪。"

查克照做了。

"那个人,丹尼尔·梅吉布姆先生。"黏菌放低了思考的音量, "他不是人类,他是个人造人。他没有任何个性可言,有人在远程控制他。我觉得应该警告你一声,毕竟你是我的邻居……"

"谢谢。"查克说,"这我已经知道了。"这下他开始紧张起来了。考虑到前不久他刚想过的事,他可不能让黏菌读到他的心。"听着。"他开了口,但黏菌抢先一步。

"我已经扫描过你头脑中的那份信息了。"它这么告诉查克, "那份对你妻子的敌意,杀人的冲动。所有人都会在某个时候产生这样的冲动,而且无论如何,我都不应该和其他人讨论这些。读心术士与牧师和医生一样,必须——"

"别讨论这个话题了。"查克说。黏菌知道了他的计划,这让他不禁重新考虑起整件事。也许他不该行动。如果公诉方让奔跑蛤蜊殿下上庭作证——

"在木卫三上,"黏菌说,"复仇是件神圣的事。如果你不相信,可以让你的律师奈特·维尔德先生查查看。我绝不会谴责你正在考虑的事情。这总比你之前的自杀冲动强得多,自杀可是反自然的。"

查克开始向后退。

71

"等一下，"黏菌说，"还有一件事。我会替你保密，但是作为交换……我想请你帮个忙。"

结果还是有这么一手等着他。查克并不吃惊。说到底，奔跑蛤蜊殿下可是位商人。

黏菌说："里特斯多夫先生，我要你接受汉特曼先生正打算给你的工作。"

"那我在中情局的工作怎么办?"查克反问。

"不必放弃，你可以同时拥有两份工作。"黏菌的思绪十分自信，"只要，呃，兼差①就好。"

"'兼差'。你从哪儿学到这个词的?"

"我是地球人社会的专家。"黏菌告诉他，"我的设想是这样的，你白天做中情局的工作，晚上做邦尼·汉特曼的工作。为此你需要一些药物，一些丘脑刺激剂，乙烯安非他命类。这在地球上是违禁品，但我可以向你提供。我在其他星球上有这方面的联系人，很容易就能搞到这些药。只要你大脑的新陈代谢得到刺激，你根本不需要睡眠——"

"一天工作十六个小时! 我还不如把你举报给警察。"

"不。"黏菌表示反对，"如果你这样做了，结果就是你无法实

---

① 原文为 moonlighting, moonlight 除了"月光"的含义之外，也有"兼职、兼差"的含义。

施谋杀,因为当局很快就会得知你的计划。这样你就无法消灭那个邪恶的女人了,你只能放弃计划,让她继续活下去。"

查克说:"你怎么知道玛丽是个'邪恶的女人'?"实际上他心想,对地球女性,你又知道多少?

"我从你的思绪中得知,里特斯多夫太太多年来一直在各种小事上对你加以虐待。无论在哪种文化里,这都是一件残忍的事。结果你病了,无法正确地感知事实。比如说,你坚持拒绝汉特曼先生向你提供的这份令人艳羡的工作。"

一阵敲门声传来。打开门,邦尼·汉特曼探头进来怒视着他们。"我得走了。你到底是怎么打算的,里特斯多夫? 要还是不要? 如果想给我干事,你可不能带这些黏糊糊的非地球生物一起来,要来就一个人来。"

黏菌发射思绪:"里特斯多夫先生接受你好心提供的工作,汉特曼先生。"

"你算老几,"邦尼·汉特曼质问道,"他的经纪人?"

"我是里特斯多夫先生的同事。"黏菌回答。

"行吧。"汉特曼说,把合同递给查克,"根据这份合同,你有八周任期,每周交来足以撑满一个小时的稿子,和其他编剧开一次会。你的薪水是每周两千星际联盟皮。可以吗?"

何止可以,这数字是他预想的两倍。查克接过合同,在黏菌的注视下签了字。

"我来当证人吧。"琼恩·德里雅斯特说。她也进了黏菌的共寓,就站在旁边等着。她在三份正副本合同上都作为证人签了字,将它们还给邦尼·汉特曼。汉特曼把三份合同塞进大衣口袋,想起有一份应该留给查克,于是又掏出来还给了他。

"干杯。"黏菌说,"我们来祝贺一下吧。"

"我就不必了,"邦尼·汉特曼说,"我得走了。回头见,里特斯多夫。保持联系。赶紧在你那个什么也没有的烂窝里装一部可视电话吧,要不就找个更好的共寓。"他走了,顺便关上了奔跑蛤蜊殿下的门。

"我们三个来庆祝吧。"黏菌说,"我知道一家接待非地球人的酒吧。算在我身上。我是说,我请客。"

"好吧。"查克说。反正他也不想一个人待着。如果留在共寓里,玛丽就又有机会找到他了。

打开门时,三个人都意外地发现,一个眼熟的圆脸年轻人正等在走廊里。是丹尼尔·梅吉布姆。

"抱歉。"查克道了歉,"我把你给忘了。"

"我们要去庆祝。"黏菌涌动着出了门,对梅吉布姆解释道,"虽然你没有头脑,只是个空壳,你也一起来吧。"

琼恩·德里雅斯特好奇地看了看梅吉布姆,又望向查克。

查克对她解释道："梅吉布姆是中情局的机器人，由我们的旧金山分局远程控制。"他问梅吉布姆："是谁？派崔吗？"

梅吉布姆微笑着说："我现在正靠自动电路运行，里特斯多夫先生。你离开共寓后，派崔先生就下线了。我做得还不错吧？你以为有人在操控我，但其实没有。"看起来仿生人对自己的表现非常满意。"老实说，"他说，"我完全可以靠自主电路搞定今晚。我可以和你们一起去酒吧、喝酒、庆祝，和非仿生人毫无差别，在某些方面说不定还强些。"

他们开始朝电梯走去。查克心想：有了这家伙，我一定能一雪前耻。

黏菌接收到他的思绪，警告道："别忘了，里特斯多夫先生，德里雅斯特小姐是罗斯市警察局的人。"

琼恩·德里雅斯特说："是这样没错。"她收到了黏菌的思绪，但读不到查克的。"你为什么要对里特斯多夫先生想这个？"她问黏菌。

"我觉得，"黏菌对她说，"基于这一事实，你不会接受他的求爱行为。"

这解释似乎令琼恩感到满意。"我觉得吧，"她对黏菌说，"你应该少管别人的事。因为会读心术，你们这帮木卫三的家伙全都喜欢多管闲事。"她听起来有点不高兴。

"对不起。"黏菌说,"如果是我误会了你的诉求,德里雅斯特小姐,请原谅我。"它对查克想道,"很明显,德里雅斯特小姐愿意接受你的求爱行为。"

"老天爷,"琼恩·德里雅斯特抱怨道,"管好你自己吧!别再继续这个话题了,行吗?"她脸色发白。

"要取悦地球姑娘真难。"黏菌愁苦地想道,这次没有特定发送对象。在去酒吧的一路上,它小心地没有再发送任何思绪。

他们进了酒吧就座,黏菌在仿真皮座上摊成黄色的一堆。琼恩·德里雅斯特说:"查克,我觉得你能为邦尼·汉特曼工作简直太棒了,多么令人激动呀。"

黏菌想道:"里特斯多夫先生,我认为你应当想办法瞒住你妻子,别让她知道你有两份工作。如果她知道了,她会管你要更多的赔偿金和抚养费。"

"的确。"查克表示同意。这是个明智的建议。

"她肯定会知道你接下了汉特曼先生的工作。"黏菌继续想道,"所以你最好承认这一点,但别告诉她你同时还在为中情局工作。叫你的中情局同事替你打打掩护,特别是你的直属上司埃尔伍德先生。"

查克点点头。

"这样一来,"黏菌告诉他,"因为你同时有了两份工作,尽管你要支付离婚赔偿金和抚养费,但你还是可以过上相当舒适的生活。你有想过这一点吗?"

老实说,查克根本没想那么远。黏菌想得比他长远多了,这让他有些恼火。

"这下你明白了吧,"黏菌说,"我确实是站在你这边,为你着想的。我之所以坚持要你接受汉特曼先生的邀请——"

琼恩·德里雅斯特插嘴道:"我很讨厌你们这些木卫三的家伙对地球人指手画脚的样子,好像自己是神似的。"她怒视着黏菌。

"但请你想想看,"黏菌彬彬有礼地说,"是我介绍你和里特斯多夫先生认识的。而且,虽然我不是预言家,但我能预想到,你们两位的性生活会非常丰富而和谐。"

"给我闭嘴。"琼恩凶巴巴地说。

庆祝结束后,查克抛下黏菌不管,摆脱了丹尼尔·梅吉布姆,拦了辆喷气出租机,送琼恩·德里雅斯特回她的共寓。

两人爬进出租机后座,琼恩说:"终于能离奔跑蛤蜊殿下远点儿了。他一刻不停地读心真是让人受不了。但他确实介绍我们——"她突然断了话头,歪起头认真地听着。"发生了一起事故。"她立刻给了出租机一个新地址,"我得赶过去。现场出现了伤亡。"

　　他们赶到了现场。一架喷气机底朝上倒在地上。降落过程中，马达似乎出了问题，喷气机从侧面撞上了一栋楼，乘客都摔了出来。一个老头脸色惨白地躺着，大衣和毛衣临时拼凑成的毯子将他盖住。警察挥手把周围的人都赶走，查克意识到这名老头就是死者。

　　琼恩立刻大步向老头走去。查克陪在她身边，警察没多问就让他一起去了。已经有救护车赶到了现场，不耐烦地嗡嗡作响，随时准备赶往罗斯医院。

　　琼恩弯下腰，观察死者。"刚过三分钟。"她自言自语道。"好吧。"她说，"稍等，我把他带回五分钟之前。"警察把死者的钱夹递给她，她翻了翻。"厄尔·B.艾克斯先生。"她喃喃，随即闭上了眼睛。"我做的事应该只会影响艾克斯先生。"她对查克说，"至少理论上是这样。但没法百分百保证……"她集中精力，整张脸都皱了起来，"你最好离远一点，"她对查克说，"免得受影响。"

　　查克站起身走开了，在夜晚冰冷的空气中漫无目的地踱步。他吸了一支烟，听着警车对讲机传来的嘈杂声。现场周围聚集起一堆围观的市民，道路上也拥挤起来，警察开始指挥车辆。

　　这下好了，碰上了个不寻常的姑娘。他心想。不仅是警察局的人，还是个灵能者……万一她知道了我对丹尼尔·梅吉布姆这个仿生人的计划,不知道她会如何反应。奔跑蛤蜊殿下恐怕是对的,让她知道就大事不妙了。

琼恩向他挥了挥手,"过来吧。"

查克快步走了过去。

大衣和毛衣堆遮盖下的老人有了呼吸。他的胸膛微微起伏,唇边流下的唾液吹出了泡。

"他的时间倒流了四分钟。"琼恩说,"活过来了,但仍然是事故发生后的状态。我只能做到这样了。"她冲医院的仿生人点点头,他们立刻上前围住了这位死而复生的重伤老人。领头的仿生人用一个似乎是 X 光扫描仪的机器检查伤者的内脏,确定受伤最严重的部分。他转向同事,两个仿生人直接交换了思想,然后级别略低的队员打开自己身侧的金属盖,掏出一个纸箱飞快地拆开。

那里面装的是人造脾。查克借着警车的车灯看清了印在纸箱上的字。两个仿生人就这么在现场做起了手术。一个给伤者进行局部麻醉,而另一个则伸出复杂的手术机械手,开始切开伤者腹部的皮肤。

查克目不转睛地盯着仿生人开展手术。"我们走吧。"琼恩对查克说,把他从出神的状态拉了回来,"我的工作结束了。"她将双手插在大衣口袋里,走回出租机上坐好等着他,整个人显得弱不禁风,疲惫不堪。

出租机驶离事故现场后,查克说:"我还是第一次亲眼见到医疗仿生人的工作现场。"那景象实在令人惊叹。这让他更加清晰地认识到,通用动力公司开发制作的这些人造人身上蕴含着的无尽潜力。当然,他见过中情局的仿生人无数次了,但这次感觉完全不一样。医疗仿生人所做的事在本质上与众不同。他们面对的敌人可不仅仅是持有不同政见的另一群人类,而是死亡本身。

而仿生人丹尼尔·梅吉布姆又正好相反:他要做的并非对抗死亡,而是促成死亡。

当然了,目睹刚才发生的一切之后,他绝对不能告诉琼恩·德里雅斯特他的计划。既然如此,他难道不该就此与琼恩断绝来往吗?在策划谋杀的同时与警察局的雇员亲密接触,这根本是引火上身。难道他是希望自己被人逮捕?难道这是另一种形式的自杀冲动?

"我出半皮,告诉我你在想什么。"琼恩说。

"什么?"查克眨了眨眼,回过神来。

"我不像奔跑蛤蜊殿下,没法读心。你的表情很严肃,我猜你是在考虑你的婚姻问题吧。如果有什么办法可以让你开心就好了。"她沉思片刻,"你可以来我的共寓——"她突然脸红起来,显然想起了黏菌之前的话。"就喝一杯酒而已。"她坚决地说。

"我很乐意。"查克说,也想起了奔跑蛤蜊殿下的预测。

"听着。"琼恩说,"那个多管闲事的木卫三家伙在哪儿都要插上一脚,不管他们那是伪足还是什么东西,但这并不代表——"她一时语塞,双眼闪着恼怒的光芒,"去他的。你知道吗,他很有可能是个危险人物。木卫三的家伙都野心勃勃……还记得他们介入地球与阿尔法战争时开出的条件吗?他们全都跟奔跑蛤蜊殿下一个德行,就像是火里的一百万颗铁屑,无时无刻不在寻找机会。"她皱起了眉头,"也许你应该从那栋楼里搬出来,查克。离他远点儿。"

已经太迟了,查克有些沉重地心想。

他们抵达了琼恩住的共寓。查克看到,这是栋令人赏心悦目的现代建筑,设计风格极为简洁,和其他新楼一样,大部分楼体都在地下。这些新楼没有拔地而起,而是深深地插入地面。

"我住十六楼。"两人坐着电梯下降,琼恩说,"这感觉就像住在矿井里……要是你有幽闭恐惧症可就糟了。"片刻后,两人到了她共寓的门前。琼恩拿出钥匙插进锁里,又豁达地加了一句,"不过,万一阿尔法星再发起攻击,这里倒是挺安全的,我们和氢弹之间隔着十五层呢。"她推开了门。共寓的灯自动亮起,光线柔和而朦胧。

一阵明亮的光芒一闪而过，随即消失不见。查克被晃得睁不开眼，定睛看去，发现有个男人捧着照相机站在屋子中央。他认识这个人。不但认识，而且反感。

"你好啊，查克。"鲍勃·埃尔弗森说。

"他是谁?"琼恩质问道，"他干吗要拍咱俩的照片?"

埃尔弗森说："别激动，德里雅斯特小姐。我是你情夫的妻子的辩护律师。为了庭审，我们需要证据。对了——"他望向查克，"庭审是在下周一上午十点，布里佐拉拉法官的法庭。"他微微一笑，"我们提前了开庭日期，你妻子希望尽快解决这一切。"

"滚出去。"查克说。

埃尔弗森向门口走去，说："乐意之至。我用的胶卷很贵，但很有帮助——我相信你在中情局也见识过。"他对查克和琼恩两人解释道，"我刚拍了张艾格佛未来照。听说过吗? 我的相机里记录的并不是你们刚刚做了什么，而是在接下来半小时内将要做什么。我想布里佐拉拉法官对此会很感兴趣。"

"接下来半小时什么也不会发生，"查克说，"因为我要走了。"他推开律师，走出了共寓。他必须立即离开。

"你错了。"埃尔弗森说，"我看这胶卷上会出现一些有价值的内容。再说了，你又何必在乎呢? 这不过是台技术设备，帮助玛丽获取她想要的判决罢了。总要有份正式证据呈堂啊。我可不觉得这能伤害到你。"

查克莫名其妙，转回身来，"你这是侵犯隐私——"

"你也很清楚，在过去五十年里，根本没有人有任何隐私。"埃尔弗森说，"你本身就是给情报机关工作的，别跟我开玩笑了，里特斯多夫。"他走出门，经过查克身边，不慌不忙地进了电梯，"如果你想要一份底片——"

"不用了。"查克说。他站在原地，目送律师坐电梯上楼。

琼恩说："你还是进来吧，反正他都拍下来了。"她拉开房门等待着，最后查克不情愿地进去了。"他这么做是违法的，这毫无疑问。但我猜这种事在法庭上屡见不鲜。"琼恩走进厨房，开始调酒。查克听见了玻璃杯碰撞的清响。"来杯'金星沼泽'怎么样？我有满满一瓶——"

"随便什么都行。"查克没好气地说。

琼恩端酒出来，查克心不在焉地接了过去。

他心想，我一定会让她为此付出代价。这让他下了决心：不是她死，就是我亡。

"你的表情好吓人。"琼恩说，"看来你真的气坏了，那个男人端着个了不起的相机埋伏在这儿，窥探我们的私生活。有个奔跑蛤蜊殿下还不够，又来——"

"要秘密行事还是有可能的，"查克说，"不让任何人知道的事。"

"比如说呢?"

查克呷着酒,什么也没说。

6

    和伊格纳兹·勒德伯差不多高的架子上跳下好几只猫。先是三只橘色的年迈公猫和一只虎斑无尾猫,然后是几只毛茸茸的、有一半暹罗血统的小猫崽,再是一只动作灵活的年轻黑色公猫。最后下来的是一只三花母猫,挺着个大肚子,行动起来十分艰难。这些猫和一只小狗都围在勒德伯脚边,阻挡他离开窝棚。

    前面不远处的地上躺着只死老鼠的残骸。一只捕鼠梗犬将其抓住,随后猫群吃掉了它们想吃的部分。伊格纳兹在黎明时分听见了它们的叫声。他为那只老鼠感到悲哀,它应该是在窝棚门口两侧都堆满了垃圾之后才到这里来的。毕竟老鼠和人类一样,也有存活于世的权利。但是,小狗当然无法理解这一概念。杀戮是深深铭刻在狗类懦弱肉体中的天性。所以,伊格纳兹无法在道德上谴责小狗。再说了,他很怕这些老鼠。这里的老鼠与地球上的同类不一样,它们长着灵活的手,甚至能够制造出一些简单粗糙的武器。它们非常聪明。

在伊格纳兹前方不远处放着自动拖拉机生锈的残骸。它已经废弃了很久,几年前刚摆到这里的时候,大家都想着,回头也许还能找个机会修好它。在此期间,伊格纳兹的十五个(还是十六个?)孩子把它当成了玩具,跟拖拉机里还能工作的那部分交流电路说话。

伊格纳兹四处寻找,但他每天早上用来生火的空塑料牛奶盒不见了踪影。没办法,他只能去拆木板了。他在窝棚旁边的废木材堆里翻找起来,想找一块斜搭在窝棚凉台上薄薄的木板,整个人跳上去就能压断的那种。

清晨的空气很冷,他打了个寒噤,怀念起自己的呢子大衣。某次长途跋涉的时候,他躺下来休息,把呢子大衣当作枕头。醒来以后,他彻底忘了这件事,大衣就这么弄丢了。当然了,他已经不记得那地方具体在哪儿,只隐约记得是在去阿道夫城的路上,离这儿大概需要步行十天。

住在附近窝棚的女人出了门——她曾经是伊格纳兹的女人,但时间不长,等她生过两个孩子之后,伊格纳兹就对她厌倦了。她冲一只钻进菜园的白山羊大喊大叫。山羊继续吃着菜,等女人差点儿要抓住它了才弓起脊背,后腿蹬地跳开了,嘴边还挂着片甜菜叶。一群鸭子被山羊吓了一跳,四散奔逃的同时声调高低起伏地嘎嘎大叫。伊格纳兹大笑起来。鸭子对一切事物都太较真了。

弄断用来烧火的木板后,他回到了窝棚里。猫群仍然在他脚边尾随,大部分都被他拒之门外,只有一只小猫崽挤入门缝,跟他进了屋。他坐到生铁铸的垃圾焚烧桶旁,开始生火。

他的现任妻子艾尔西躺在餐桌上,盖着好几条毯子,还在睡觉。等他生好火、煮好咖啡,她才会起床。伊格纳兹并不怪她。这么冷的清晨,没人愿意起床。除了少数一整夜都在外面游荡的希布人,甘地镇要到日上三竿时才会开始出现动静。

一个小孩从窝棚里唯一的卧室里钻了出来,全身赤裸,嘬着大拇指,默默地看着伊格纳兹生火。

电视的声音从小孩身后传来。他们的电视只有声音,没有图像。孩子们只能当广播听。我可得把电视修好,伊格纳兹心想。但他一点儿也不急。在达·芬奇高地开始播放电视信号之前,生活要简单得多。

他正要开始煮咖啡,突然发现煮锅不见了。他懒得花时间去寻找,直接开始煮咖啡。他用平底锅在燃气炉上烧了水,等水一开就抓了一大把咖啡粉扔进去,也不知道具体是多少。咖啡温暖的香气充满了整间窝棚,伊格纳兹心存感激地深吸一口气。

他就这么站在炉边闻着咖啡的香味,听着柴火燃烧的噼啪响声。房间逐渐温暖。不知道过了多久,他逐渐意识到,他感知到了一些异象。

他站在原地,一动不动地出了神。之前挤进门的猫崽跳到了水槽里,找到了昨晚遗留的一些食物残渣,狼吞虎咽地吃起来。猫吃东西的画面和声音与其他画面、声音交织在了一起。感知变得更加清晰了。

"我早餐想吃玉米面糊。"赤身站在卧室门口的小孩说。

伊格纳兹·勒德伯没有回答。感知正将他带到另外一片时空里。或者说,这感知太过真实,以至于不存在所谓的空间;它彻底摒弃了空间这一维度,存在于一个哪里都不是的地方。至于时间,感觉是以前发生的事,但伊格纳兹无法判断。也许他看到的景象同样不存在于时间里,宏大得既没有开始,也没有结束,无论他做什么都一样。也许它彻底从时间中跳脱出来了。

"嘿。"艾尔西睡眼惺忪地喃喃,"咖啡呢?"

"等等。"伊格纳兹说。

"等等? 去你的,我都闻见了。在哪儿呢?"艾尔西挣扎着坐起来,掀开毯子露出一丝不挂的身体,乳房垂在胸前,"我觉得恶心,想吐。你的那帮孩子在厕所里吧?"她滑下餐桌,摇摇晃晃地走开了。"你傻站着干吗呢?"她在厕所门口停下脚步,狐疑地说。

伊格纳兹说:"别管我。"

"'别管我'个鬼,是你让我住过来的。我可从来没想过离开弗兰克。"艾尔西走进浴室,摔上门。门又反弹回去打开,她用脚顶住了。

感知结束了。伊格纳兹失望地转过身,端着平底锅走到桌边,将桌上的毯子都推到地上,拿过昨晚吃饭后没收拾过的两只杯子,倒上煮好的热咖啡。膨胀的咖啡粉漂在上面。

艾尔西在厕所里说:"怎么了,又是你那个什么感知?你看见什么了,上帝吗?"她的声音中充满厌恶,"跟我过日子的不但是个希布人,还跟斯基茨人似的有感知。你到底是希布人还是斯基茨人?你闻起来可是臭得像个希布人。赶紧挑一边吧。"她冲了马桶,走出厕所,"你还跟曼斯人一样暴躁。我最讨厌你这一点了,老那么容易生气。"她发现了咖啡,喝了一口。"里面还有咖啡粉呢!"她生气地叫嚷起来,"你又把煮锅弄丢了!"

感知消失后,伊格纳兹就很难回忆起自己都看到了些什么。感知麻烦的地方就在这里。那些景象与日常生活有什么联系?每次他都会思考这个问题。

"我看见一只怪物。"他说,"它一脚踏平了甘地镇。甘地镇就这么没了,只剩下一个大洞。"他感到一阵悲伤。在这颗卫星上,他最喜欢的地方就是甘地镇。然后他又感到一阵前所未有的恐惧。然而，他什么办法也没有。他没法阻止那只怪物，它会摧毁这里的一切，就连聪明绝顶、日夜奔忙的曼斯家族也不例外，就连想尽办法抵御真实和假想攻击的佩尔家族也不例外。

但这次的感知内容不止于此。

在怪物背后，有一个邪恶的灵魂。

他亲眼看着那个怪物如一摊闪亮的烂泥般悄无声息地现世；它碰触过的一切都迅速腐烂，包括土壤和弱不禁风的植被。那烂泥只要一小捧就足以腐化整个宇宙，而操控这怪物的是一个别有用心的人，一个充满野心的生物。

也就是说，即将到来的邪恶存在有两个。一个是摧毁甘地镇的怪物，另一个则是它背后的邪恶灵魂。两者是截然不同的个体，最后终将分道扬镳。怪物是女性，而邪恶的灵魂则是男性。并且——伊格纳兹闭上了眼睛——在整个感知里，这才是最让他害怕的部分：两者会进行激烈的争斗。那不是什么善恶之争，而是泥淖里盲目而空虚的缠斗，双方都同样深陷其中，说不上谁比谁更狠毒。

这场争斗最后恐怕会以某一方的死亡而结束，而且即将发生在伊格纳兹所处的世界上。他们即将到来，特地把这里当作战场，为他们之间这场无休止的战争画上句号。

"给我炒点蛋吃。"艾尔西说。

伊格纳兹不情愿地动起来，在水槽边的杂物堆里翻找起鸡蛋。

"你得把昨晚做饭的炒锅洗了。"艾尔西说，"我放在水槽里了。"

"好吧。"伊格纳兹接了些凉水，用卷起的报纸擦洗炒锅烧焦的锅底。

他心想，不知道我能否改变这场争斗的结果？如果以善攻恶，情况会不会不一样？

他可以拼上自己全部的精神力量，放手一搏。不光是为了整颗卫星和卫星上的所有家族，也为了那两个可悲的邪恶存在本身。也许，他可以减轻他们身上的重担。

这是个引人深思的想法。伊格纳兹一边擦洗炒锅，一边默默地思考着。跟艾尔西讨论也没用，她只会叫他去见鬼。她并不清楚伊格纳兹的能力，因为他从来没有主动展现过。只要有合适的心情，他能够穿墙、读心、治病、让邪恶之人得病、改变天气、使作物枯萎——他几乎无所不能，只要心情合适。这力量来源于他的神圣特质。

就连疑心重重的佩尔家族也承认他是个圣人。这在卫星上是人尽皆知的事实，就连整天忙个不停、以侮辱他人为乐的曼斯家族也不得不承认——只不过他们总是忙东忙西，很少有注意到他的时候罢了。

伊格纳兹意识到了：如果说有人能保护卫星不受这两个正在不断接近的邪恶生物侵害，那就是我了。这就是我的命运。

"这算不上什么世界，只是颗卫星罢了。"艾尔西带着毫不掩饰的蔑视之情说。她站在垃圾焚烧桶旁边，穿上了前一天晚上脱掉的衣服。这套衣服她已经穿了一整个星期。伊格纳兹多少有些幸灾乐祸地心想，她正在变成一个希布人。这一点儿变化就足够了。

当希布人没什么不好，希布人早就找到了纯粹之路，摒弃了所有不必要的身外之物。

他打开窝棚的门，再一次走入清晨冰冷的空气中。

"你去哪儿?"艾尔西在他身后喊道。

伊格纳兹说："去开会。"他关上了门，在猫群的跟随下迈开脚步，去找斯基茨族的同事，欧玛·戴亚蒙德。

他利用自己的超自然灵能力量，在卫星各处瞬间传送，最后在阿道夫城找到了欧玛。欧玛正和各家族的代表在一起开会。伊格纳兹升到这座高大石头建筑的六层，飘在窗外敲了一会儿，直到有人注意到他，开了窗。

"老天，勒德伯。"曼斯家族代表霍华德·斯特劳大声地说，

"你身上一股羊骚味。两个希布人待在同一个屋子里，臭死了。"他转过身去背对众人，走到稍远的地方瞪着虚空，努力控制曼斯人特有的愤怒。

佩尔代表加布里埃尔·贝恩斯对伊格纳兹说："你来得这么突然，有什么事？我们正在开会呢。"

伊格纳兹·勒德伯无声地在头脑里与欧玛·戴亚蒙德交流了一番，将事情的急迫性传达给他。戴亚蒙德听了他的话，表示同意。两人将力量结合起来，一起离开了会议室，走在一片长着蘑菇的大草原上。一时间，谁也没有开口。两人都踢着脚下的蘑菇，就这样过了一会儿。

最后戴亚蒙德说："我们已经在讨论入侵者的事了。"

"飞船会降落在甘地镇。"伊格纳兹说，"我感知到了，那些来客会——"

"是，是。"戴亚蒙德不耐烦地说，"我们知道，那是股黑暗力量。我已经把这个事实告知议会了。黑暗力量带不来任何好结果，因为它是与灵魂相反的实质力量，非常沉重，只会陷入大地，融合为我们行星的一部分。"

"卫星。"伊格纳兹说，吃吃发笑。

"卫星。"戴亚蒙德闭上眼睛，没再看路，但仍然步履平稳。

伊格纳兹意识到，他自发陷入了一种暂时的紧张症隔绝状态。

所有斯基茨人都存在这一问题,所以伊格纳兹没说话,只是等待着。过了片刻,欧玛·戴亚蒙德嘟囔了两句什么,伊格纳兹没能听清。

他叹了口气,在地上坐了下来。欧玛·戴亚蒙德站在他身边一动不动,四周一片静寂,只有看不见的树木在远方沙沙作响。

戴亚蒙德突然开了口:"将你我的力量结合在一起,我们就能清晰地看到侵入者到来时——"他的话语又变成了无法分辨的低喃。伊格纳兹又叹了口气:就算是圣人也会有失去耐心的时候。"叫萨拉·阿波斯托斯来。"戴亚蒙德说,"我们三人一起发动感知,可以将敌人的幻象化为现实。这样我们就可以控制我们的敌人,掌控他们到来的全过程。"

伊格纳兹发送思维波联系到了萨拉·阿波斯托斯,她正在甘地镇的窝棚中睡觉。伊格纳兹感觉到她醒过来,动了动,呻吟了两声,从小床上摇晃着爬起来。他和欧玛·戴亚蒙德等了一会儿,萨拉出现在两人面前。她穿着男式外套和男士长裤,脚上穿着一双网球鞋。"昨天夜里,"萨拉说,"我做了个梦。某种生物正在附近徘徊,想要在此现形。"她圆圆的脸庞因担忧和无法消解的恐惧而扭曲,皱成一团,显得十分丑陋。伊格纳兹很同情她。遇到烦心事的时候,萨拉从来都无法将有百害而无一利的情绪排出体外,她受制于肉体和随之而来的各种痛苦。

"坐下吧。"伊格纳兹对她说。

"我们现在就让他们现形吧,"戴亚蒙德说,"就在这里。开始吧。"他低下头,其他两位希布人也照做,三人的感知能力汇聚在一起互相增强。他们尽全力保持感知的协调共振,过了谁也不知道多久,他们心中所想的东西逐渐现形,仿佛一朵恶之花在空中绽放。

"来了。"伊格纳兹说,睁开了眼睛。萨拉和戴亚蒙德也睁了眼,三人一起抬头望着天空,看到一艘陌生飞船以尾部先着地的方式开始降落。他们成功了。

飞船缓缓落到了他们右侧百尺开外的地面上,船的尾部喷着白气。伊格纳兹注意到,这艘飞船相当大,比他见过的所有飞船都大。对此他也同样心生畏惧,但他一如既往地控制住了自己。从很多年前开始,恐慌就不再是一种他需要分心处理的情绪。萨拉不一样,她一脸惊恐地看着飞船抖动着停了下来,滑动舱门打开,里面的人从金属与塑料板制成的巨大管状机械中现了身。

"让他们主动来找我们。"欧玛·戴亚蒙德说,眼睛又紧紧地闭上了,"让他们发现我们的存在。强迫他们注意到我们,尊敬我们。"伊格纳兹立刻加入了他,吓坏了的萨拉·阿波斯托斯缓了口气也尽力照做了。

从飞船的舱门处降下了扶梯。两个人影出现在舱门处,一步步走到了地面上。

伊格纳兹期待地对戴亚蒙德说:"要不要制造些奇迹?"

戴亚蒙德斜眼瞥着他,怀疑地说:"制造什么样的奇迹?我一般……不用魔法。"

萨拉说:"伊格纳兹和我一起来就好。"她对伊格纳兹说:"不如让他们看看世界蜘蛛为万物编织的命运之网的幻影吧?"

"没问题。"伊格纳兹说,集中注意力开始召唤世界蜘蛛——艾尔西在的话会说:不是世界蜘蛛,是卫星蜘蛛。

两名飞船访客的面前突然出现了一张闪闪发光的网,挡住了他们的去路。这是蜘蛛从永无止境的劳作中匆忙结出来的网。两个人影都僵立原地,其中一个说了句十分不雅的话。

萨拉大笑起来。

"别笑,你要是受他们影响,"欧玛·戴亚蒙德语气严厉地说,"我们的力量就不足以控制他们了。"

"抱歉。"萨拉说,仍然笑得停不下来。不过已经晚了,闪着银光的大片蛛网消融不见。伊格纳兹懊丧地发现,欧玛·戴亚蒙德和萨拉也消失了,只有他自己一个人坐在地上。一瞬间的软弱令三人齐心协力的合作就此终结。他现在也没有坐在一片草原上,而是坐在甘地镇中央自己家前院的一堆垃圾上。

入侵的大型生物已经夺回了自我控制权,可以继续执行原本的计划了。

伊格纳兹站起身,走向飞船上下来的两个人影。他们正犹犹豫豫地打量四周。猫群在伊格纳兹脚下嬉戏奔跑,绊了他一跤,差点儿让他摔了个四脚朝天。伊格纳兹咒骂着踢开猫群,想在入侵者面前保持稳重与尊严。但这是不可能了:窝棚的门在他身后开了,艾尔西钻了出来,使他失去了挽回颜面的最后机会。

"什么人?"艾尔西吼道。

伊格纳兹恼火地说:"不知道,我正要去问问。"

"叫他们赶紧给我滚。"艾尔西双手叉着腰说。她曾经当过几年的曼斯家族的人,现在仍留有几分在达·芬奇高地沾染上的自大的敌意。就算不清楚来者何人,她也准备好了战斗……哪怕武器只有开罐器和煎锅,伊格纳兹心想。这画面十分好笑,他不禁笑起来,而且一笑就刹不住车。就这样,与两名入侵者面对面时,他还在大笑不止。

"什么事这么好笑?"女性入侵者问道。

伊格纳兹抹着眼睛说:"你们记得自己着陆了两次吗? 记得世界蜘蛛吗? 都不记得了吧。"实在太逗了,入侵者根本不记得三位超能力圣人合力做过什么。对他们来说,那些事情根本没有发生过,连一阵幻觉都算不上,尽管那凝结了伊格纳兹·勒德伯、萨拉·阿波斯托斯和斯基茨家族的欧玛·戴亚蒙德三人的全部力量。他笑得停不下来,飞船里又走出另外两名入侵者。

其中一个男性环顾四周,叹了口气,"老天,这地方可真是个垃圾堆。所有地方都像这样吗?"

"你们可以帮忙啊。"伊格纳兹说。他总算控制住了自己。他指向变成孩童玩具的自动拖拉机残骸,说:"能不能帮我修好农场机器?只要有人搭把手——"

"当然,当然。"入侵者中的另一个男人说,"我们会帮忙把这地方清理干净的。"他厌恶地皱起鼻子,显然是闻到或看到了什么令他不快的东西。

"进屋吧,"伊格纳兹说,"喝杯咖啡。"他走向窝棚。三男一女的入侵者小队迟疑片刻,不情愿地跟了上去。"真是不好意思,地方太小了。"伊格纳兹说,"也没怎么收拾——"他推开门,这次大部分猫都成功挤了进去。他弯下腰,将它们一只接一只地扔回门外。四个入侵者迟疑地进了屋,打量着屋内,表情极为不快。

"坐吧。"艾尔西带了点不知从何而来的礼貌语气说,她把茶壶放到炉子上点了火。"把长椅上的东西都挪走。"她指挥道,"随便放哪儿,扔地上也行。"

四个入侵者不情愿地把成堆没洗的小孩衣服推到地上,显示出了肉眼可见的厌恶。他们坐了下来，四个人的表情都带着几分震惊，伊格纳兹有些好奇。

那位女性入侵者语气迟疑地说："你们就不能——把家里打扫一下吗？我是说，你们怎么能生活在这么——"她挥了挥手，说不下去了。

伊格纳兹感到有些抱歉。可是说到底，比打扫更加重要的事情多得是，而时间又这么有限。他和艾尔西都挤不出时间来把家里整理一番。放任生活环境变成这样当然不好，可是——他耸耸肩。回头再说吧。入侵者或许也可以帮忙，他们说不定带来了家务仿生人。曼斯家族也有那种仿生人，但他们开价太高了。入侵者说不定会愿意免费租给他一个家务仿生人呢。

一只老鼠从冰柜后面的洞里钻出来，从地面窜了过去。女性入侵者看见老鼠爪子里握着做工粗糙的武器，闭上眼睛发出一声呻吟。

伊格纳兹一边倒咖啡，一边吃吃地笑了起来。哎呀，他们可是自己主动到这儿来的。要是不喜欢甘地镇，他们完全可以离开。

几个小孩从卧室里出来了，睁大眼睛沉默地盯着四个入侵者。四个人都僵硬地坐着，什么也没说，尴尬地等待着咖啡，不去理会孩子们眼神空洞的瞪视。

在阿道夫城的大型会议室中,希布家族代表雅各布·西米恩突然开了口,"他们已经到了。在甘地镇。和伊格纳兹·勒德伯在一起。"

霍华德·斯特劳极为愤怒地说:"而我们还坐在这儿闲聊呢。别再浪费时间了,把他们干掉完事。这个世界没有让他们插手的地方——你不这么认为吗?"他捅了捅加布里埃尔·贝恩斯。

"我同意。"贝恩斯说,然后又挪得离曼斯家族代表稍微远了一点。"你是怎么知道的?"他问雅各布·西米恩。

希布人傻乎乎地一笑,"没看见他们就在房间里吗,那些魂灵?伊格纳兹来了一趟——不过你不记得了。他叫走了欧玛·戴亚蒙德,但你忘了,因为这件事从来没有发生过。入侵者把三变成了一加二,让这件事变成从来没发生过。"

戴普人绝望地盯着地板,说:"这么说,太迟了。他们已经着陆了。"

霍华德·斯特劳发出尖锐冷酷的大笑,"仅限甘地镇。谁在乎那破地方?那儿本来就该好好收拾收拾。要是他们把甘地镇给抹平了,我高兴还来不及呢——那就是个粪坑,住在那儿的人都臭得要命。"

雅各布·西米恩仿佛被人揍了一拳似的缩起身体，喃喃道："我们希布人可不会这么残忍。"他眨眨眼，将无助的泪水忍了回去。看到他的反应，霍华德·斯特劳幸灾乐祸地咧嘴一笑，又推了下加布里埃尔·贝恩斯。

"你们达·芬奇高地不是有些很强大的武器吗?"加布里埃尔·贝恩斯问他。贝恩斯有种强烈的直觉：斯特劳对于甘地镇的不屑一顾代表了曼斯家族的意思。他们恐怕会按兵不动，除非他们自己的领地也面临危险。他们头脑极其活跃，极富创造力，但他们并不打算把这些天赋用于保护其他家族。

如今斯特劳的表现验证了加布里埃尔·贝恩斯长久以来对他的怀疑。

安妮特·戈丁充满忧虑地皱紧眉，说："我们不能就这么对甘地镇见死不救。"

"见死不救!"斯特劳重复，"一点儿没错! 我们当然可以。听着，我们拥有武器，足以将所有入侵舰队一扫而空——至今还从来没用过。等我们觉得时机合适的时候，这些武器就会派上用场的。"他扫视了一圈其他人，得意地享受着一切尽在掌握的感觉。其他人都指望着他。

"我早就知道，一到危急关头，你就会露出这副嘴脸。"加布里埃尔·贝恩斯愤怒地说。老天，他真是太讨厌曼斯人了。他们在道德上根本靠不住,自私自利,狂妄自大,不可能为了集体的福祉服务。贝恩斯这么想着,当场对自己发誓:如果有机会报复斯特劳,他一定会好好地抓住那个机会。不如说,如果有机会报复整个曼斯家族,整个曼斯领地的人——光是为了这一目的,就有活下去的价值。现在曼斯人占了上风,但这持续不了多久。

加布里埃尔·贝恩斯心想,为了报复曼斯人,也许可以主动接触入侵者,代表阿道夫城与他们签份和平条约。让入侵者与我们合起伙来,对付达·芬奇高地。他想得越久,就越觉得这是个好主意。

安妮特·戈丁斜眼瞥着他,说:"有什么建议吗,加布?你好像想到了什么好办法。"作为波利人,她拥有非常敏锐的感官,准确地理解了他脸上变幻的表情。

加布决定撒谎。当然了,他非撒谎不可。"我想,"他大声地说,"我们可以牺牲甘地镇。把甘地镇让给他们,随他们把那儿当成殖民地,建立基地,随便怎样都好。我们也许不喜欢这种安排,可是——"他耸耸肩。可是他们又能做什么呢?

雅各布·西米恩十分难过,结结巴巴地说:"你——你们根本不在乎我们,因为我们——没你们那么干净。我要回甘地镇,和家族在一起。如果我的家族要毁灭,我也一起毁灭好了。"他站起身,一把推倒了椅子,发出刺耳的巨响。"叛徒。"他补充了一句,拖着希布人典型的蹒跚脚步走向门口。其他代表目送他离开,表情或多或少都有些漠不关心。就连谁都在乎、什么都在乎的安妮特·戈丁也无动于衷。

然而,加布里埃尔·贝恩斯感到一阵悲痛,尽管那感觉转瞬即逝。因为所有人都可能走上希布人的命运。不时就会有一个原本百分百是佩尔族、波利族、斯基茨族甚至曼斯族的人,以无法察觉的速度一点一点地转化为希布人,所以这种可能性始终存在,随时可能发生。

然而现在,贝恩斯意识到,如果我们谁再变成希布人,就会无家可归。如果没有了甘地镇,希布人会变成什么样呢?这是个好问题,他感到一阵恐惧。

他大声地说:"等等!"

门边,雅各布·西米恩那蹒跚遢遢、胡子拉碴的身影站住了脚。希布人凹陷的双眼里亮起了一点希望之光。

加布里埃尔·贝恩斯说:"回来吧。"他对其他代表,特别是傲慢自大的霍华德·斯特劳说:"我们必须团结一致。今天是甘地镇,明天可能就是哈姆雷特·哈姆雷特,或者我们,或者斯基茨。入侵者会将我们分头击溃,最后只剩下达·芬奇高地。"对斯特劳的反感令他的声音因敌意而恶毒尖刻,听在他自己耳中都极为陌生。"我正式提议投票:所有家族合力,动用一切资源,夺回甘地镇。我们必须守住领地，表明立场。"虽然这地方围绕着垃圾、动物粪便和生锈的机器，他对自己说，同时忍不住皱了皱眉。

片刻沉默后，安妮特说："我——投赞成票。"

其他人也投了票，只有霍华德·斯特劳反对。提议通过了。

"斯特劳，"安妮特语气轻快地说，"你必须提供之前吹嘘的那些神奇武器。你们曼斯人擅长打仗，重夺甘地镇之战就让你来领队吧。"她又对加布里埃尔·贝恩斯说，"你们佩尔人就负责组织。"现在大局已定，她又恢复了冷静。

英格丽德·希伯勒轻声地对斯特劳说："我想指明一点，如果战争只在甘地镇及其附近地区进行，其他领地就不会遭受损失了。这你想过吗？"

"好家伙，如果只在甘地镇作战。"斯特劳喃喃道，"下半身都淹没在——"他没再说下去，转向雅各布·西米恩和欧玛·戴亚蒙德，"我们需要斯基茨族和希布族所有的圣人、感知者、奇迹创造者，还有普通灵能者。你们能否将这些人选出来，交给我们指挥？"

"我想可以。"戴亚蒙德说。西米恩点点头。

"有了达·芬奇高地的神奇武器，再加上希布族和斯基茨族圣人的力量，"安妮特说，"我们甚至可以主动出击。"

希伯勒小姐说："如果能拿到入侵者的全名，我们可以给每个人做出命理图，找出他们的弱点。或者，如果知道他们确切的出生日期——"

"我想，"安妮特打断了她，"曼斯家族的武器、佩尔家族的组织能力，加上希布族和斯基茨族的超能力，要来得更实用一些。"

"谢谢你们，"雅各布·西米恩说，"谢谢你们不放弃甘地镇。"他满怀感激地望向加布里埃尔·贝恩斯。

几个月、甚至几年以来的第一次，贝恩斯卸下了防备。他感到一阵短暂的轻松感，几近愉悦。有人欣赏他。这对他而言意义重大，即便对方只是一个希布人。

这让他想起了他小的时候。在他还没有成为佩尔人之前。

7

甘地镇的主街满是泥泞,到处堆满垃圾。玛丽·里特斯多夫博士一边走,一边说:"我这辈子从来没见过这样的地方。这是临床意义上的疯狂。这些人肯定都是些青春型精神分裂患者,退化得非常、非常厉害。"她心里有个声音大喊着叫她快逃,赶快离开这里,千万不要回头。回到地球上去当她的婚姻咨询师,忘掉眼前的这一切。

对这些人进行精神治疗——

她打了个寒噤。就连药物治疗和电击治疗在这里也帮不上忙。这里就是精神疾病的终极形态,没有任何扭转的可能。

中情局的年轻特工丹尼尔·梅吉布姆走在她身旁,说:"这么说,你诊断是青春型精神分裂?我可以提出正式报告吗?"他抓住玛丽的胳膊,扶着她迈过某种大型动物的尸体残骸。在正午的阳光下,尸体露出的肋骨仿佛是一把巨大的叉子。

玛丽说:"可以,这很明显。你看见窝棚门口那些死老鼠的残骸了吗？我觉得好恶心,我想吐。现在根本没人这么生活,甚至在印度和中国也没有了。这简直像四千年前的原始社会,这是北京猿人和尼安德特人的活法。只不过他们没有生锈的机器。"

"我们可以回船上,"梅吉布姆说,"喝一杯。"

"喝什么也帮不了我。"玛丽说,"你知道这个可怕的地方让我想起什么吗？我和丈夫分居以后,他搬到了一间又破又旧的共寓里。这里让我想起他的那间共寓。"

梅吉布姆吓了一跳,眨了眨眼。

"你知道我已婚,"玛丽说,"我告诉过你了。"她疑惑梅吉布姆为何这么吃惊。在坐飞船过来的一路上,她发现梅吉布姆是个很好的倾听者,于是一直毫无顾忌地和他谈论自己的婚姻问题。

"我不信这两者能相提并论。"梅吉布姆说,"这里的情况是精神病人集体表现出的症状,你丈夫可从来没有这么生活过,他又没有精神病。"他瞪着玛丽。

玛丽迟疑地说:"你知道什么,你又没见过他。查克到现在也仍然病着。当然有可比较之处了,查克身上一直存在着青春型精神分裂症的特质……他总是不肯承担社会性别责任。我跟你讲过,我曾多次想让他找一份报酬可观的工作。"但是梅吉布姆是中情局特工,在这方面恐怕不会对她产生任何同理心。最好还是放弃这个话题。就算不去重述她和查克的生活,眼前的情况也已经够让人心情抑郁的了。

在街道两侧,自称为希布人的居民以傻乎乎的空洞眼神凝视着他们,毫无理解能力地咧嘴傻笑,其中连一点好奇心的影子都没有,显而易见的青春型精神分裂症状①。一只白山羊在他们面前走过,玛丽和丹尼尔·梅吉布姆警惕地停住了脚步。两人都不太熟悉山羊这种动物。山羊走开了。

玛丽心想:至少这些人没有什么危害。青春型精神分裂患者无论在退化的哪个阶段都缺乏攻击性,比他们更值得警惕的精神病患者还多着呢。他们恐怕很快就会出现。比如躁郁症②患者,他们在躁狂期具备相当高的破坏性。

但玛丽真正警惕的是另外一种更加危险的疾病患者。躁郁症患者的破坏力往往出于一时冲动,最糟的情况下也只是一阵一阵地大发脾气,经过打砸发泄后总会平静下来。严重的妄想症③患者就不一样了,他们的恶意更有系统性,也更长久。时间

---

① Hebephrenic,小说中希布家族(Heeb)名字的来源。

② Manic-depressive,小说中曼斯家族(Mans)名字的来源。

③ Paranoid,小说中佩尔家族(Pare)名字的来源。

不会让这份恶意消散,只会让他们有机会更具体地策划行动。妄想症患者擅长分析和计算,每一个行动都有充足的动机,都是整体计划的一部分。他们的恶意也许不像躁郁症患者那样带来明显的暴力,但就长期而言,其持久性会对精神治疗造成更深远的影响。对于晚期妄想症患者来说,治愈几乎是不可能的,就连暂时性的清醒都很难做到。他们和青春型精神分裂患者一样,异常状态已经成了永久性的稳定态。

不仅如此,他们表面上看起来和正常人并无差别,这和躁郁症患者、青春型精神分裂症患者或者单纯的紧张型精神分裂症患者都截然不同。他们正常的逻辑思考能力还在,但在正常的表面之下,妄想症患者的精神缺陷已经扭曲到了人类所能接受的极限。他们无法对他人产生同情,无法想象与自己不同的立场。因此,对于妄想症患者而言,他人相当于根本不存在,不过是一些会动的物体,区别只在于是否会影响到他自己的福祉。在过去几十年间,有种流行的说法是,妄想症患者没有爱的能力。这并非事实。妄想症患者完全能够体验到爱,包括他人对他的爱,也包括他对其他人的爱。但这儿有一个小小的误区。

在妄想症患者眼里,爱不过是仇恨的另一种形式。

玛丽对丹尼尔·梅吉布姆说:"我的推断是这样的,在这个世界,不同类型的精神病患者组成了不同阶级,和古代印度有点像。这里的人，也就是青春型精神分裂症患者，相当于贱民。躁郁症患者则是毫无恐惧之心的武士阶级，最高地位的阶级之一。"

"就像日本武士。"梅吉布姆说。

"没错。"玛丽点点头，"妄想症，也就是妄想型精神分裂症患者可能是政治家阶级，负责发展政治理念和社会方案。他们有完整的世界观。单纯的精神分裂症①患者呢……"她想了一会儿，"应该是诗人阶级，尽管还有些人可能是宗教上的先知——有些希布人也可能是。但希布人这边更多的是苦行僧，而精神分裂患者那边则容易出现独断论者。多态型精神分裂症②患者则是社会中的创造性人才，会输出很多新点子。"她努力回忆此外还有哪些精神病种类，"可能有些人会有强迫观念，是和强迫症类似但更为严重的精神疾病，这种病被称为间脑失调症③。这些人会担任文员和办公室职员类的工作，只会例行公事，没有什么创造性。这类患者很保守，而其他类型的精神分裂患者相对比较激进，两者可以相互平衡，让社会保持稳定。"

梅吉布姆说："这么说，这里的社会说不定能顺利运转下去

---

① Schizophrenic，小说中斯基茨（Skitz）家族名字来源。

② Polymorphic schizophrenia，小说中波利（Poly）家族名字来源。

③ Obsessive-compulsive neurosis，小说中奥布考姆（Ob-Com）家族名字来源。小说中的戴普（Dep）家族名字则是来源于抑郁症（Depression）。

呢。"他挥了挥手,"这跟我们地球上的社会又有什么不同?"

这是个好问题,玛丽就此思考了一会儿。

"答不出来?"梅吉布姆说。

"答得出来。在这个社会里,担任领袖的自然而然是那些妄想症患者。他们在自主性、智力水平和其他能力方面都要比其他人强得多。当然了,他们很难阻止躁郁症患者发起政变……这两类病人之间会一直存在矛盾。要知道,在由妄想症患者主导的意识形态里,最主要的情感就是仇恨。这种仇恨是双向的:领导者仇恨其他所有不属于自己领地的人,并且想当然地认为其他人也都恨自己。因此,他们整个所谓的外交政策就是想办法保护自己,抵御臆想中仇恨他们的人的进攻。这样一来,他们会带着整个社会投入一场假想战,与不存在的敌人进行斗争,追求毫无意义的胜利。"

"这有什么问题吗?"

"问题在于,无论输赢如何,"玛丽说,"结局都是一样的——这些人会进入完全孤立的状态。这就是他们集体行动的最终结果——逐渐与其他所有生命断绝联系。"

"这很糟糕吗? 自给自足的话——"

"不。"玛丽说,"不可能是自给自足的状态。那会是完全不一样的情况,是你我无论如何也无法想象的。还记得以前那些让人与世隔绝的试验吗？在二十世纪中期，人们期待着太空旅行的实现，探讨起一个人连续几天、几个星期孤身生活的可能性，这个过程中他接受的外界刺激越来越少……于是他们把一个人关进一间屋子，不给他任何外界刺激。还记得这个试验的结果吗？"

"当然。"梅吉布姆说，"就是现在所说的精神失常。感官剥夺的结果就是出现急性幻觉症。"

玛丽点点头，"听觉、视觉、触觉和嗅觉上的幻觉症，代替了缺失的外界刺激。而且幻觉的强度完全可以压过现实，更生动，更具影响力，幻觉会引发反应……比如恐慌状态。药物导致的幻觉，能在人身上引发出现实中从未经历过的高度恐慌。"

"为什么？"

"因为那感觉是绝对的。它是在感知接受系统内部产生的，神经反馈信号并非来自远处，而是来自一个人内部的神经系统。这样一来，他就没法与这种感觉拉开距离，而且他本人也清楚。根本无路可逃。"

梅吉布姆说："这又是怎么影响阿尔法卫星上的社会的呢？你好像没有说清楚。"

"我可以说清楚，只是比较复杂。首先，我还不知道这个社会的孤立程度有多深，也不了解成员的情况。很快，我们就能知

道他们对我们是什么态度了。这些希布人——"玛丽指了指泥
泞道路两侧简陋的窝棚,"我们不能把他们的态度当成标准。等
我们见到妄想症患者和躁郁症患者……这么说吧,幻觉和心理
投射一定是组成他们世界观的一部分,区别只在于程度深浅。
也就是说,我们应当假定,他们已经出现了一定程度的幻觉。但
他们仍然保有对现实的感知。我们的出现,会加剧他们陷入幻
觉的程度,对此我们必须有所准备。而且,他们在幻觉中会认为
我们极具敌意,将我们和飞船都视为威胁——这不是他们的理
智判断,而是直观感受。他们一定会把我们视为入侵的敌人,要
推翻他们的社会,把这颗卫星占为己有。"

"可这是真的啊。我们的确打算接管这里的统治,让他们回
到二十五年前的状态——成为强制收容的病患。换句话说,囚
犯。"

说得很有道理,但还不够说服她。玛丽说:"有一个区别,你
没有分清。虽然区别不大,但很重要。我们要努力治疗这些人,
尽量让他们能够胜任眼下纯属偶然才担任的职责。如果我们的
项目取得成功,他们完全可以作为这颗卫星上的合法定居者,最
终达成自治。先治好一批,然后治疗更多的人。这不是囚禁他
们——即便在他们的想象中是。等这颗卫星上的所有人都不再
受到精神疾病的困扰,不受心理投射干扰地感知现实——"

"你觉得真的有可能说服这些人自愿回归以前强制收容的状态?"

"不。"玛丽说,"我们只能以武力强迫他们。除了一小部分希布人,我们恐怕得为整个行星的人准备好入院文件。"她随即自我更正,"整个卫星。"

"想想看。"梅吉布姆说,"如果你没改口说'卫星',我就有理由送你入院了。"

玛丽吃惊地瞥了他一眼。他不像是在说笑,那张年轻的脸庞上神色肃穆。

"口误而已。"玛丽说。

"确实是口误。"梅吉布姆表示同意,"但很能说明事实。也是一种症状。"他微微一笑,笑容冰冷。玛丽困惑不安,打了个寒噤。梅吉布姆对她到底有什么意见? 还是说,是她想太多了? 有可能……但她确实从梅吉布姆身上感受到了冲她而来的敌意,可是两人不过才刚见面。

而且,她从这趟旅途一开始就感受到了这份敌意。奇怪的是,这似乎从他们初次见面时就已经存在了。

查克·里特斯多夫将仿生人丹尼尔·梅吉布姆设置为自主行动状态,断开电路连接,僵硬地在控制面板前站起身,点了支香烟。现在是当地时间晚上九点。

在阿尔法三号 M2 卫星上,仿生人会继续工作,以恰当的方式运转下去。如果遇到了什么紧急情况,派崔会接手的。与此同时,他还有其他问题要处理。他该给另一位雇主,电视喜剧明星邦尼·汉特曼写稿了。这是他的第一份稿子。

他手头不缺刺激药物:早上离开共寓的时候,木卫三的黏菌给了他不少药。所以,他彻夜工作也没问题。

但在此之前,还有晚餐要解决。

他在中情局大楼大堂的公用可视电话亭里稍做停留,决定给琼恩·德里雅斯特的共寓打个电话。

"嗨。"琼恩看见是他就说,"听着,汉特曼先生给我打过电话,他在找你。你最好赶紧联系他。他说他到旧金山的中情局大楼问过了,但那儿的人说从来没听说过你这个人。"

"保密政策。"查克说,"好,我会给他打电话。"然后,他对琼恩发出了共进晚餐的邀请。

"我看你根本没时间吃晚饭了,有没有我都一样。"琼恩这么回答,"汉特曼先生跟我说,他有些主意要讲给你听。他说你听了会连下巴都吓掉。"

查克说:"那一点儿也不意外。"他已经放弃了,这显然就是他与汉特曼之间的关系模式。

他暂时不再去想如何对琼恩展开攻势,拨了汉特曼机构给他的电话号码。

"里特斯多夫!"线路一通,汉特曼就喊道,"你在哪儿呢?赶紧过来,我在我佛罗里达的共寓里呢——你坐艘特快火箭过来,我付钱。听着,里特斯多夫,给你的考验这就要开始了,我们很快就能知道你到底行不行。"

刚从阿尔法三号M2卫星上像垃圾场一样的、傻乎乎的希布家族领地返回,现在又要面对精力充沛的邦尼·汉特曼,对查克来说这一落差相当大。迅速调整好状态会很难,或许他只能在飞往东部的航班上努力调整了。他也可以在路上顺便吃点东西,但琼恩·德里雅斯特不会在场。工作就这样侵蚀着他的私生活。

"现在就告诉我吧,我好在路上考虑考虑。"

汉特曼双眼散发着狡黠的光芒。"别开玩笑了,万一被人听见怎么办?你听好了,里特斯多夫。我给你个提示。刚雇用你的时候,我就隐约想到了这个点子,可是呢——"他咧嘴笑得更开心了,"我不想一上来就把你吓跑,明白吗?现在你和我已经是同一条船上的人了。"他大声笑了起来,"那么现在——哇!可以放手大干一场了!"

"直接告诉我吧。"查克耐心地说。

汉特曼凑近可视电话扫描端,低声耳语。他的鼻子和一只满是喜色的眼睛充满了整个屏幕。眼睛对查克眨了两下。"我要在节目里加个新角色。名字就叫乔治·弗烈伯好了。我告诉你他是干什么的吧,你肯定一下就明白我为什么雇你了。听好了,弗烈伯是个中情局特工。为了取得嫌疑犯的线索,他假扮成了一个女婚姻咨询师。"汉特曼期待地等了一会儿,"嗯? 你觉得怎么样?"

过了好久,查克才说:"这是我这二十年来听过的最差劲的东西。"这让他彻底陷入了抑郁。

"说什么疯话呢。我懂这一行,你不懂。这完全有可能成为继雷德·斯克尔顿的'爱揩油的弗莱迪'之后最伟大的电视喜剧角色。剧本就由你来写,你有经验。所以你赶紧到我的共寓来,我们这就开始写乔治·弗烈伯的第一个故事。好吧! 要是你觉得这主意不怎么样,你又想到什么好点子了?"

查克说:"比如一个女婚姻咨询师为了治疗病人,假扮成中情局特工获取情报?"

"你是在拿我开玩笑吗?"

"这样行不行,"查克说,"一个中情局仿生人——"

"你在拿我找乐子。"汉特曼涨红了脸。至少在电话屏幕上,他的脸色明显阴沉了许多。

"我从来没有这么认真过。"

"好吧,仿生人怎么了?"

"这个中情局仿生人,嗯,"查克说,"假扮成一个女婚姻咨询师,嗯,但是隔三岔五,仿生人会出故障。"

"中情局仿生人真的会这样吗？出故障?"

"常有的事。"

"接着说。"汉特曼紧皱着眉说。

查克说:"嗯,重点在于,仿生人对人类婚姻问题知道个鬼?但是呢,它就是在给人类的婚姻出主意。不停地出主意,开始了就停不下来。它甚至会给前来维修的通用动力公司修理工提供婚姻建议。你觉得怎样?"

汉特曼摸着下巴,动作缓慢地点点头,"嗯。"

"这个仿生人之所以会这样,自有其原因。这样,我们开始讲述他以前的故事。这一集呢,可以从通用动力公司工程师开始——"

"我知道了!"汉特曼打断了他,"有个工程师,叫他弗兰克·法普吧,他的婚姻遇到了问题,一直在进行婚姻咨询。咨询师给了他一份文件,是对他婚姻问题的分析,他就把这份报告带到了通用动力公司的实验室,实验室里有个新仿生人正等着装程序。"

"可以啊!"查克说。

"然后——法普把报告念给另一个工程师听,就叫他菲尔·格鲁克好了。结果这段报告就这么偶然地被写进了仿生人的程序里,让它以为自己是一个婚姻咨询师。但它本来是给中情局造的。它被运到中情局,出现在——"汉特曼停下来想了想,"出现在哪儿,里特斯多夫?"

"出现在铁幕①之后,比如红色加拿大。"

"不错!出现在红色加拿大,在安大略省。它本来应该扮演一个——人造歪布皮的推销员。是这样吧? 这就是它们的工作?"

"差不多吧,就这样。"

"可是呢,"汉特曼兴奋地说,"它找了间小办公室安顿下来,挂了块招——招牌,'乔治·弗烈伯,心理学家,博士毕业,从事婚姻咨询工作'。结果婚姻出了问题的左派高级官员就都跑来找它了——"汉特曼激动地呼呼直喘,"里特斯多夫,我从来没听过比你这个更精彩的点子! 还有——那两个通用动力公司工程师,他们不停地出场,想把仿生人给修好。听着,赶紧去坐那趟来佛罗里达的特快火箭,路上把这玩意儿大致写出来,差不多先准备几场对话,到这儿给我看看。我觉得这点子能行,咱俩的大

———————————
① 铁幕,本来是指冷战时期将欧洲分为两个受不同政治影响区域的界线,在书中指美国与其他红色国家及地区之间的界线。

脑真是太合拍了——你说呢？"

"我也这么觉得。"查克说，"我这就赶过来。"他记下地址，挂了电话。他疲惫地离开了可视电话亭，感到筋疲力尽。他可是一点儿都猜不出这点子是好还是不好。无论如何，汉特曼觉得好，这就足够了。

他坐喷气出租机到了旧金山太空港，搭上了前往佛罗里达的特快火箭。

邦尼·汉特曼住的共寓就是"奢侈"这两个字的化身。整栋楼都处于地下，甚至还有身着警服的专属安保小队在入口和走廊巡逻。查克对第一个向自己走来的警察报了大名，很快就坐电梯下降到了邦尼所住的楼层。

在无比宽敞的共寓里，邦尼·汉特曼懒洋洋地躺着，身着手工染色的火星蛛丝睡袍，悠闲地吸着一根佛罗里达州坦帕市产的粗大绿色雪茄。见到查克，他不耐烦地点了下头算是打招呼，随即示意客厅里的另外两个人。

"里特斯多夫，这两位是我手下的编剧，也是你的同事。个高的那位——"他用雪茄指了指，"是考文·达克。"达克慢步走到查克面前，两人握了手。"那个秃头矮胖子是我的资深编剧，星期四·琼斯。"琼斯是位目光机警、五官分明的黑人，他也走来与查克握手。两个编剧都表现得很友好，查克没感觉到任何敌意。

看来他们并不讨厌自己。

达克说："请坐吧，里特斯多夫。亏你这么大老远地赶过来。喝点什么？"

"不用了。"查克说。他希望保持头脑清醒，以应对接下来的挑战。

"你在火箭上吃过饭了？"汉特曼问。

"吃了。"

"我正跟他们讲你的那个点子呢。"汉特曼说，"他们都挺喜欢的。"

"那就好。"查克说。

"不过呢，"汉特曼继续说，"他们翻来覆去地争论了半天，在你来之前不久又多想了两步……明白我的意思吧？"

查克说："他们在我点子的基础上想出些新东西，这再好不过了。"

星期四·琼斯清了清嗓子，说："里特斯多夫先生，仿生人有可能犯下杀人案吗？"

查克瞪着他，过了片刻说："不知道。"他全身发冷，"你是说他在自主状态下——"

"我是说，远程操控者能否将仿生人当作杀人工具？"

查克对邦尼·汉特曼说："我觉得这点子一点儿也不好笑。

再说我的幽默感本来就死气沉沉。"

"等一下，"邦尼劝他，"你恐怕是忘了以前那些著名的滑稽惊悚剧，将恐怖与幽默结合在一起。比如《猫与金丝雀》，宝莲·高黛和鲍勃·霍普演的那部电影。《毒药与老妇》也很出名，更别提好多经典英国喜剧里都有人物遇害的情节……在过去，这样的作品不计其数。"

"比如了不起的杰作《仁心与冠冕》。"星期四·琼斯说。

"我明白了。"查克说。他只说得出这句话，之后就紧闭双唇，内心在震惊与难以置信中煎熬。他们的这个灵感完全就是他人生的翻版，这是一场充满恶意的巧合？还是说，黏菌对邦尼说了些什么？感觉后者更有可能。但如果事实真是如此，汉特曼公司目的又何在？玛丽·里特斯多夫是生是死，对他们又有什么影响？

汉特曼说："我觉得这两个家伙的点子相当不错。不仅惊悚，而且……是这样的，查克，你本来就为中情局工作，所以你可能没感觉，但普通人都很害怕中情局。明白吗？在大众眼里，它是个秘密的星际警察和间谍组织，它——"

"我知道。"查克说。

"嗨，你也不用这么凶吧，简直像是想把我的头给咬下来。"邦尼·汉特曼说，瞥了达克和琼斯一眼。

达克开了口,"查克——你不介意我这么叫你吧?我们是这行的老手了。普通人光是想到中情局的仿生人都会吓得够呛。你给邦尼讲你的点子的时候,恐怕没有考虑到这些。这个中情局特工呢,比如说他叫——"他转向琼斯,"暂用名是什么来着?"

"西格弗里德·超茨。"

"西格·超茨,秘密特工。穿着天王星蝼蛄毛长大衣,戴着金星沃布毛毡帽,帽檐拉下来遮住前额——这么一个人。在某颗冷清凄惨的卫星上,比如说木星的某颗卫星,孤身站在雨里。很熟悉的形象吧。"

"这样一来,查克,"琼斯接过话头继续讲了下去,"这个形象一旦在观众们的脑海中建立起来,相关的刻板印象就会自动出现——明白吧?接着他们会发现,西格·超茨和想象中并不一样,他不是大众心目中那种危险的中情局特工。"

达克说:"是这样的,西格·超茨是个白痴,一个什么都做不好的傻瓜。他的计划是这样的。"他走过来,坐到查克身边的沙发上,"他想谋杀一个人。明白了吧?"

"嗯。"查克语气生硬地说。他尽量多听,少说话。他将内心封闭起来,对眼前发生的一切越来越困惑,疑虑也越来越深。

达克继续说:"现在的问题是,他想杀的人是谁呢?"他瞥了琼斯和邦尼·汉特曼一眼,"我们争论的就是这一点。"

邦尼说："勒索他的人。一个国际宝石大亨，从另外一颗行星远程操纵这一切。也许不是地球人。"

查克闭上眼睛，前后摇晃身体。

"怎么了，查克?"达克问道。

"他在思考，"邦尼说，"在想这剧怎么写呢。对吧，查克?"

"嗯——对。"查克从牙缝里挤出一句。现在他已经可以肯定，奔跑蛤蜊殿下对汉特曼说了什么。某种庞大而悲惨的东西正在他身边悄然展开，将他席卷其中；不管那到底是什么，他只是其中的一只蝼蚁罢了。他根本无路可逃。

"我觉得不好。"达克说，"国际宝石大亨，可能是一个火星或金星生物——这也不坏……但是——"他挥了一下手，"这样的设定太老套了。我们开场就用了一种刻板印象，最好不要再套上另一个。我觉得他想干掉的应该是，嗯，他老婆。"达克依次望向三人，"怎么了，这有什么问题? 他老婆是个喋喋不休的母老虎——明白了吧? 这个中情局秘密间谍模样的特工，态度强硬，不苟言笑，普通人怕他怕得要死……我们先表现他有多可怕，如何对别人颐指气使——然后他回到家里，被他老婆颐指气使!"他大笑起来。

"还不错。"邦尼承认，"但还不够。我不知道这样的角色能演多少次，我想要的是可以加在节目里的常驻单元，不是演个一周就舍弃的小短剧。"

"我想这个妻管严的中情局特工角色可以一直用下去。"达克说,"反正——"他又转向查克,"下一幕是西格·超茨在工作,他在中情局总部,周围全是警察用的设备和电子仪器。他突然灵光一闪!"达克跳起身来,在房间里来回踱步,"他可以用这些装备来对付他老婆啊!这还没完——新仿生人走了进来。"达克装出金属摩擦的嗓音模仿仿生人,"'是,主人,需要我为您做些什么?我随时待命。'"

邦尼咧嘴一笑,"你觉得怎么样,查克?"

查克苦涩地说:"他——想谋杀妻子,就单纯是因为她是个母老虎? 老是吓唬他?"

"不行!"琼斯喊道,整个人都跳了起来,"你说得对,我们需要更有说服力的动机。我知道了,有这么个姑娘,西格的情妇。她是星际间谍,美丽又性感——明白了吗? 西格老婆不肯离婚。"

达克说:"或者是他老婆发现了情妇的存在并且——"

"等等。"邦尼说,"我们到底在写什么,情感纠葛连续剧还是舞台喜剧? 这人物关系有点太乱了。"

"的确。"琼斯点点头说,"还是专注描写这个老婆有多恐怖吧。总之,西格见到了这个仿生人——"他突然断了话头,因为有人走进了房间。

那是个阿尔法星人。它们是和昆虫一样长着外骨骼的种族，几年前曾和地球人打过仗。这个阿尔法星人快步走向邦尼，多关节的几条胳膊和腿咔嗒作响。它用触角探索着空间——阿尔法星人没有视觉。他的触角碰到邦尼，轻柔地扫过他的脸，接着他转过身向来路退了两步，满意地站定了。它没有眼睛的头部左右摆动，嗅着房间里其他人类的味道。

"没打扰你们吧?"它用竖琴弦摩擦般的阿尔法星人音调说，"我听见你们的谈话内容了，很感兴趣。"

邦尼对查克说："里特斯多夫，这是我最好的朋友之一，我们认识很久了。我这位哥们儿，RBX303，是我最信任的人。"他解释道，"你可能不知道吧，阿尔法星人的名字都是车牌号似的机械代码，它就叫RBX303。听起来不像生物的名字，但阿尔法星人都是些热心肠。这位RBX303有着一颗金子般可贵的心灵。"他嬉笑着，"实际上，是两颗。阿尔法星人长了两颗心脏，左右各一颗。"

"很高兴见到你。"查克条件反射地说。

阿尔法星人移动到他面前，用两根触角摸了摸他的脸。查克感觉就像有两只苍蝇在面前飞来飞去，让人很不愉快。"里特斯多夫先生。"阿尔法星人嗡嗡道，"很高兴认识你。"它随即退远了些,"还有谁在啊,邦尼? 我闻到其他人了。"

"达克和琼斯。"邦尼说,"我的编剧。"他再次转头对查克解释,"RBX303是位大亨,生意遍及星际贸易的各种领域。情况是这样的,查克。RBX303拥有公交有限公司的控股权。你懂我意思吧?"

一时间查克有些不明所以,但随即恍然大悟。公交有限公司是《邦尼·汉特曼秀》的投资方。"你是说,"查克说,"拥有这家公司的是——"他没说下去。他本来要说的是"我们以前的敌人?",但他没说出来。一方面,这是显而易见的事实;另一方面,毕竟敌人的修饰语是以前。地球和阿尔法星已经和平相处多年,之前的敌对关系理论上已经结束。

"你从来没见过阿尔法星人吧?"邦尼一针见血,"你应该见见,这是个很棒的种族。善解人意,幽默感卓群……公交公司之所以给我投资,一部分原因正是RBX303相信我,相信我的天赋。我一开始只是个夜总会喜剧演员,偶尔在电视节目里出出场。是RBX303一路帮助我,今天我才有了自己的电视节目。这节目能够大火,公交公司优秀的宣传在中间起了很大的作用。"

"原来如此。"查克说。他感到不太舒服,但说不清是为什么。也许是整件事都让他无法理解。"阿尔法星人会读心吗?"他知道答案是否定的,但他还是问了。这位阿尔法星人身上有种令人悚然的精明感。查克本能地觉得它无所不知，任何人都无法在它面前隐藏自己的秘密。

"它们不会读心术。"邦尼说，"它们特别依赖听觉，和我们非常不一样。我们有视觉。"他瞥了查克一眼，"你跟读心术有什么过节？我是说，你明明知道答案。战时我们听了那么多敌人的情报，耳朵都快起茧了。你也没年轻到不知道这回事啊，你应该是听着那些情报长大的才对。"

达克突然开了口，"我知道里特斯多夫在担心什么，我以前也是这样。里特斯多夫以贩卖点子为生，他可不想让自己的头脑被人看个干净。在他决定把想法说出来之前，它们都归他所有。如果你带了个，比如说木卫三黏菌过来，嘿，那可就是在侵犯我们所有人的权利，就好比把我们当成机器，随意榨取点子。"他对查克说，"别担心RBX303，它没法读心。它只会非常仔细地听你说话时微妙的感情变化……单靠这一点，它就能得到大量的信息。阿尔法星人都是很优秀的心理学家。"

"我坐在隔壁房间里，"阿尔法星人说，"听着《生活》杂志录音带。突然听到你们讨论这个幽默的新角色，西格弗里德·超茨。我很感兴趣，就把录音带放下，想着过来加入你们。你们不会介意吧？"

"没人会介意。"邦尼向阿尔法星人保证。

"对我来说,"阿尔法星人说,"没有什么事比和你们这些多才多艺的编剧们聚在一起发挥创造力,更能让我感到愉悦和惊艳了。里特斯多夫先生,我从来没见过你工作的样子,但我已经能够确定,你在这里将会大有可为。不过,我感觉到,你对这场对话的走向从心底感到排斥。不介意的话,能否告诉我,对于西格弗里德·超茨这个角色,还有他想谋杀他烦人的老婆这件事,你为什么这么抵触呢? 你结婚了吗,里特斯多夫先生?"

"结了。"查克说。

"也许这个剧情引起了你心中的负罪感。"阿尔法星人沉吟片刻,"也许你对老婆怀有敌意,自己也没有觉察到。"

邦尼说:"这你就搞错啦,RBX。查克和他老婆已经分居,她都上过法庭了。不管怎么说,查克的私人生活是他自己的事,我们又不是来解剖他内心的。还是继续讨论剧本吧。"

"我得说,"阿尔法星人说,"里特斯多夫先生的反应非常奇特,与众不同。我很想知道为什么。"它将门把手形状的瞎脑袋转向查克,"如果我们相处的时间再长一些,我就能知道了。我觉得,了解这背后的原因对你也会有好处。"

邦尼·汉特曼思索着挠了挠鼻子,说:"也许他确实知道呢,RBX。也许他只是不愿意告诉你。"他瞥了查克一眼,又说,"不管是哪种,要我说,那都一样是他自己的事。"

查克说：“我只是觉得这设定听着不像一部喜剧。我——”他差点儿说出“排斥”两个字，“我持保留意见，仅此而已。”

“嗯，我可没什么保留意见。”邦尼拍了板，“我回头叫道具部门做个空心仿生人，让演员钻进去。这样要比买个真货便宜得多，也靠谱得多。还需要找个姑娘来演西格的老婆——我老婆，因为我演西格。”

“情妇呢?”琼斯说，“还要不要?”

达克说：“加情妇有一点好处，这可以是个胸很沉的角色。就是做过液体加重那种。这样能让大部分观众开心。要不然，我们就只有一个母老虎似的女性角色了，她不可能胸沉，那种类型的女人从来不会做液体加重手术。”

“你心里有合适的人选吗?”邦尼问他，拿着纸笔准备记录。

“你的经纪人正在推的那个新人怎么样?”达克说，“刚出道的小个子……帕特里西娅什么的。帕特里西娅·韦弗。她的胸可是真的沉，医生估计在原来的每盎司①里都塞了五十磅②。”

“我今晚就把帕特里西娅签下来。”邦尼·汉特曼点头说，“我知道她，她水平不错，完全适合这个角色。再找个又老又丑的泼妇，来演母老虎。不如让查克来选角好了。”他放肆地大笑起来。

---

① 1盎司约为28.35克。

② 1磅约为0.45千克。

8

夜深了，查克·里特斯多夫疲惫地回到了他加利福尼亚州马林郡破败的共寓。还没进家门，他就被那只黄色的木卫三黏菌叫住了。此刻已经半夜三点，这实在有点太过分。

"你的共寓里有两个人。"奔跑蛞蝓殿下告诉查克，"我觉得应该事先提醒你一声。"

"谢了。"查克说，想知道这回又有什么破事在等着自己。

"一位是你在中情局的上司，"黏菌说，"杰克·埃尔伍德。另一位是埃尔伍德先生的上司，罗杰·伦敦先生。他们打算对你从事的另一份工作进行盘问。"

"我从来没对他们隐瞒这件事。"查克说，"事实上，汉特曼雇用我的时候，皮特·佩特里操控的梅吉布姆也在场。"他不太明白中情局为何关心这件事，有些惴惴不安。

"的确，"黏菌表示同意，"但他们在你今晚使用的电话上装了窃听装置，你先打给了琼恩·德里雅斯特，又打给了人在佛罗里达州的汉特曼先生。所以他们不光知道你在为汉特曼先生工作，还知道了你们的剧本构想——"

原来如此。查克越过黏菌，走到自己的共寓门前。门没锁。他推开门，与两位中情局特工打了个照面。"这么晚还来找我?"他说，"什么事这么紧急?"他走到古老的手动式衣橱边，脱下大衣挂了起来。室内温暖怡人，两位中情局特工已经打开了非恒温控制的电热器。

"就是他?"伦敦说。他是个驼背的高个子，年近花甲，头发已经花白。查克以前和他打过几次交道，觉得他很难相处。"他就是里特斯多夫?"

"对。"埃尔伍德说，"仔细听好了，查克。关于邦尼·汉特曼，有些事情你并不知道，这与国家安全相关。我们知道你为什么会接下这份工作，我们很清楚你并不愿意，但是不得不接受。"

"哦?"查克警惕地说。他们不可能知道对面那个会读心的黏菌给自己施加了怎样的压力。

埃尔伍德说："我们完全能够理解你的艰难处境：你前妻玛丽会找你要数额巨大的赔偿款和抚养金。为了支付这些费用，你需要钱。但是——"他望向伦敦。伦敦点点头，埃尔伍德俯身打开了自己的公文包。"我把汉特曼的档案带来了。他的真名叫萨姆·里透。战争时期，他曾因为违反了中立地区的商业贸易法而入狱。也就是说，汉特曼通过第三方将商品卖给了敌军。但他有非常优秀的律师团，只在监狱里待了一年就出来了。还想往下听吗？"

"想。"查克说，"我总不能因为十五年前发生的事，就这么辞掉工作——"

"好吧。"埃尔伍德说，和他的上司伦敦交换了几个眼神，"战争结束后，萨姆·里透，也就是现在的邦尼·汉特曼，有段时间曾在阿尔法星系居住。没人知道他在那儿做过什么，我们的信息收集渠道在阿尔法星人的地盘上毫无作用。大概在六年前，他带着大量的星际皮回来了。他开始在夜总会表演喜剧节目，然后公交有限公司出资——"

"我知道，"查克说，"公交有限公司的所有者是个阿尔法星人，RBX303。我见过他了。"

"你见过他了？"埃尔伍德和伦敦都瞪着他。"你知道RBX303是谁吗？"埃尔伍德质问道，"在战争时期，他的家族拥有阿尔法星系里最大的军用品联合企业。他哥哥现在在阿尔法星内阁任职，是阿尔法星总督的直系下属。也就是说，你和RBX303打交道，就是在和阿尔法星政府打交道。"他把档案夹扔给查克，"剩

133

下的你自己读吧。"

查克大致浏览了一下这本印刷整齐的档案,最后的结论一目了然:撰写这本档案的中情局特工认为,RBX303是外星势力派来的非官方大使,而汉特曼对此心知肚明。因此,中情局一直密切关注着他们的行动。"他之所以要给你一份工作,"埃尔伍德说,"理由恐怕没有你想象中那么单纯。汉特曼不需要新编剧,他手下已经有五个编剧了。我们认为,他的理由与你妻子有关。"

查克一言不发,心不在焉地翻着档案夹里的纸页。

"阿尔法星人想占领阿尔法三号M2卫星。"埃尔伍德说,"而唯一能达到这个目的的合法手段,就是让上面的地球居民自愿离开。否则的话,根据星际法,《2040协定》就会生效:卫星归属于定居者,而定居者是地球人,卫星也就间接成为地球的财产。阿尔法星人不能强迫居民离开,但他们一直严密地监视那些人。他们非常清楚,我们于战前在卫星上建立了哈利·斯戴克·苏利文神经精神医院,如今卫星上的社会就是由当年的那些精神病人组建起来的。只有地球机构能让这些定居者离开阿尔法三号M2卫星,要么是星际联盟,要么是美国星际卫生福利部。如果我们真的清空了整颗卫星,之后它属于谁就说不准了。"

"可是没人会提议,"查克说,"把上面的所有居民都撤走。"

在他看来,这是根本不可能的事。只有两种可能性:地球要么彻底放手,再也不去干预卫星居民的事;要么就再建一座新医院,强制居民入院治疗。

埃尔伍德说:"也许是这样,但阿尔法星人知道吗?"

"别忘了,"伦敦用他那嘶哑低沉的嗓音说,"阿尔法星人是一群大胆的赌徒。整场战争对他们来说是一件成功性极低的事,而且他们也确实输了。他们根本不懂其他处世之道。"

这倒是真的,查克点了点头。但这一切仍然让人摸不着头脑。他对玛丽的行动又能产生多少影响?汉特曼知道他和玛丽已经分居多时,玛丽在阿尔法三号M2卫星上,而他在地球上。就算两人都在阿尔法卫星上,玛丽也不可能听他的。她会坚持自己的决定。

但是,如果阿尔法星人知道,他在操控仿生人丹尼尔·梅吉布姆——

查克无法相信这种假设,这绝不可能。

"我们的猜测是,"埃尔伍德拿回档案夹,放回自己的手提箱里,"阿尔法星人知道——"

"你可别告诉我,"查克说,"他们知道梅吉布姆的事。那就意味着中情局里有他们的人。"

"我——没想把话说到那一步。"埃尔伍德不自在地说,"我想说的是,他们也知道你和玛丽在法律上分居了,但在感情上,你和她仍然纠缠在一起。我们推测,他们的观点是这样的:你和玛丽很快就会重新取得联系,不管你们两人有没有这样的计划。"

"这对他们又有什么好处?"查克说。

"他们的打算从这里开始就有些骇人了。"埃尔伍德说,"我们这些情报都是根据只言片语的间接暗示得到的,所以不排除有出错的可能,但阿尔法星人似乎想引诱你去谋杀你老婆。"

查克什么也没说,保持着原来的表情不变。一时之间没人开口。埃尔伍德和罗杰·伦敦都好奇地看着他,显然奇怪他为什么没有反应。

"老实说,"最后是伦敦先开了口,"我们在汉特曼的直属员工中安排了线人。别管是谁了。这位线人告诉我们,你去佛罗里达州的时候,汉特曼和他的两个编剧给你讲的剧本内容是,一个中情局仿生人要杀一个女人。她是中情局特工的妻子。是这样没错吧?"

查克动作缓慢地点点头,眼神呆滞地盯着埃尔伍德和伦敦右侧的墙面。

"这样的剧情,"伦敦继续说,"是为了把这个主意塞进你脑袋里:用中情局仿生人杀死里特斯多夫太太。当然了,汉特曼和他的阿尔法星伙伴不知道,已经有中情局仿生人到了阿尔法三号M2卫星,而且是你在控制它。如果他们知道了——"他断了话头,然后半是自言自语地慢慢说,"那他们就知道,根本不必精心编写一份剧本,把这个主意塞给你。"他认真地盯着查克,"因为你很有可能已经自己想到了。"

片刻沉默后,埃尔伍德说:"这是个有趣的猜想,我还没想到这一步,但迟早会的。"他对查克说,"你愿意放弃控制仿生人梅吉布姆吗? 以此证明你根本没有这样的计划,彻底消除我们的疑虑?"

查克仔细挑选措辞,说:"我当然不会放弃。"事情很明显,如果他真的放弃了,那就相当于证明他们猜得对,他们揭穿了他的真面目。事实上,他并不想就这么放弃梅吉布姆任务,而且他有充足的理由——他仍然打算杀死玛丽。

"如果里特斯多夫太太出了事,"伦敦说,"考虑到这些情况,你会背上重大嫌疑。"

"我明白。"查克木然地说。

"所以,如果你要操控梅吉布姆那个仿生人,"伦敦说,"你就得注意了,用他好好保护里特斯多夫太太。"

查克说:"想要我说实话吗?"

"当然。"伦敦答道,埃尔伍德也点点头。

"这整件事都太荒唐了，简直就是异想天开，估计是某个外派的特工太富有想象力，和电视界人士在一起混太久了。我要杀死玛丽，怎么就能影响到她对阿尔法三号M2卫星和精神病居民的决定了？如果她死了，自然会有人接替她去做决定的。"

"我认为，"埃尔伍德对他的上司说，"我们要处理的不是谋杀，而是还未实施的谋杀。他们会以谋杀作为威胁，强迫里特斯多夫博士合作。"他又对查克说，"当然，这是建立在他们对汉特曼施加的影响有效的基础上。也就是说，电视剧本的构思确实影响到了你。"

"你似乎认为我一定会受影响。"查克说。

"我认为，"埃尔伍德说，"这是个值得深究的巧合。你确实在操控中情局仿生人，而且仿生人与玛丽走得很近，这都和汉特曼提议的剧本一模一样。这纯属偶然的概率——"

查克说："更有可能的解释是，汉特曼通过某种途经发现我在操控仿生人梅吉布姆，他就依样写了剧本。这意味着什么，你们应该很清楚。"毫无疑问，不管他们再怎么否认，中情局里有内鬼。又或者——

还有一种可能。奔跑蛞蝓殿下接收到查克的想法，告知了邦尼·汉特曼。首先，黏菌威胁查克接下汉特曼提供的工作，然后他又伙同汉特曼一群人再一次威胁查克，帮助他们完成针对阿尔法三号M2卫星的计划。电视剧本的存在并不是为了把谋杀玛丽的主意塞进查克的脑袋。通过黏菌的能力，汉特曼一伙知道他早已有这个计划了。

电视剧本的存在，在于以一种间接而明了的方式让他明白：他们都知道了。如果他不按他们说的去做，他的计划就会在电视上播放给整个太阳系。七十亿人都会知道他谋杀妻子的计划。

查克必须承认，这理由足够让他跟着汉特曼一伙的屁股走，对他们言听计从。这手段确实非常有效：他们现在就已经引起了中情局西海岸分部的高级特工对他的怀疑。而且，正如伦敦所说，如果玛丽出了什么事——

然而，查克仍然打算实施计划。至少努力去实施计划。而且，他并不打算停留在死亡威胁的程度上，那是汉特曼一伙想要的，只是为了逼迫玛丽在处置精神病居民的问题上选择某种政策。而他打算按最原本的计划，一口气完成。他并不明白这是为什么，毕竟他已经不必再见到玛丽，不必再和她一起生活……既然如此，他又为什么这么执着地想置她于死地呢？

奇特的是，唯一能在他心里一探究竟、查明动机的人，也许只有玛丽，如果她有这个机会的话。毕竟她就是干这个的。

这讽刺感让查克心生愉悦。尽管面前有两位老奸巨猾的中情局特工盯着他，更别说走廊对面那位随时在偷听他心声的黄色黏菌，但查克还是感到一阵飘飘然。他正在与两股势力斗智斗勇。两边都经验老到，无论是中情局还是汉特曼机构，其中不乏身经百战的专业人士。然而，查克有种本能的预感：笑到最后的不是他们，而是自己。

当然，黏菌想必也听见了他的这个念头。他希望黏菌把这个信息带给汉特曼，让汉特曼知道。

两个中情局特工刚一离开，黏菌就从上锁的门下溜进他的共寓，在老式地毯中央聚成球形。它带着理直气壮的愤慨情绪抗议道："里特斯多夫先生，我向你发誓，我和汉特曼先生根本没有联系。我之前从未见过他，直到那晚他到这里来，叫你在合同上签字。"

"你们这帮无赖。"查克说着，走到厨房里给自己煮咖啡。已经凌晨四点了，但有了奔跑蛤蜊殿下提供的违禁药物，他一点儿都不累。"老是在偷听。"他说，"你就没有自己的生活吗？"

黏菌说："在一件事上，我同意你的观点。汉特曼先生肯定已经知道了你的计划，才会准备那样的剧本——否则，这实在是种让人无法接受的巧合。也许在我之外还有人会读心术，里特斯多夫先生。"

查克瞥了他一眼。

"有可能是你中情局的同事,"黏菌说,"也可能是在阿尔法三号M2卫星上,你操控仿生人梅吉布姆的时候,有某个精神病居民会读心。我决定,从现在开始尽最大努力帮助你,以此来证明我的好意,恢复自己在你心中的信誉。我会想办法找到这个向汉特曼告密的读心者,以便——"

"有没有可能是琼恩·德里雅斯特?"查克打断了他。

"不是她。我很熟悉她的头脑,里面没有这种力量。她是个灵能者,你也知道,她的能力仅限于回溯时间。"黏菌思索片刻,"除非——要知道,里特斯多夫先生,还有一种办法能发现你的计划。那就是预知能力……假设有一天,你的计划公之于众了。那么预言家就有可能看到这样的未来,相当于现在得到了这个信息。我们不能忽视这种可能性。至少,这可以证明,读心术并不是唯一能让汉特曼知晓你对你妻子计划的方法。"

查克承认,黏菌的逻辑确实站得住脚。

"事实上,"黏菌说,激动地上下起伏,"也可能是一个有预言天赋的人不自觉地动用了这种能力——比如一个离你很近的人,而他甚至都不知道自己是预言者。比如汉特曼组织里的某个人,甚至是汉特曼先生自己也说不定。"

"嗯哼。"查克往杯中倒着热咖啡,心不在焉地说。

"你未来的人生轨迹,"黏菌说,"将会因为谋杀你又怕又恨的女人,而充斥着惊人的暴力场面。也许,这样的奇异景象激活了汉特曼先生体内未经发掘的预言潜能。他得到了催生剧本的'灵感',却不知道它是从哪里来的……灵能经常以这样的形式出现。我越想就越肯定,这就是事情的真相。所以,我敢说,中情局的假设毫无意义,汉特曼和他的阿尔法星同僚并不是要胁迫你,告诉你他们掌握了你的计划。他们的目的就是他们所说的那样,写出一份可行的电视节目剧本。"

"中情局认为阿尔法星人想争得阿尔法三号M2卫星的所有权,这个猜想又如何呢?"查克说。

"这部分有可能是真的。"黏菌让步道,"抱着希望永不放弃,这是阿尔法星人的典型做事风格,毕竟这颗卫星在他们的星系里。但老实说——我能直说吗?我觉得你们中情局的猜想,只是把一些互不相干的怀疑捆绑在一起,把几件独立事实东拼西凑起来,照着异想天开的推论,摆成一个被精心设计的局,并且把所有人都当成有能力实施阴谋的怀疑对象。更有常识的人会把问题想得简单得多。作为中情局的人,你肯定很清楚,和所有情报机构一样,它多么缺乏常识。"

查克耸了耸肩。

"其实,"黏菌说,"别介意我这么说,你对报复妻子的生动想象,有一部分正是来源于与情报人员的长期接触。"

"你得承认一点,"查克说,"汉特曼和他的编剧想出那样的剧本内容,对我来说是抽到了下下签。"

"是下下签没错,但也非常有意思。很快你就得坐下来,亲自撰写这个剧本的对话了。"黏菌吃吃地笑,"或许你可以把你的真情实感掺在里面。看你这么了解西格·超茨的心理动机,汉特曼一定高兴坏了。"

"你怎么知道这个角色叫西格·超茨?"查克再次心生怀疑。

"在你头脑里读到的。"

"那你肯定也在我头脑里读到了,我希望你现在就离开,让我一个人待着。"他并不困,只想赶紧坐下来,开始写剧本。

"遵命。"黏菌流走了,很快共寓里就只剩下查克一人。周围很安静,只有下方的街道上偶尔传来车辆驶过的声音。查克站在窗边喝了会儿咖啡,然后坐到打字机前,按下按钮。一张白纸升了起来。

西格·超茨。查克厌恶地想,老天爷,什么鬼名字。叫这名字的会是个什么样的人? 一个白痴,像喜剧组合"活宝三人组"那种。一个蠢到会认真考虑谋杀妻子的人……查克冷冷地想。

他训练有素地写起了第一幕。故事开场自然是西格在家,想安安静静地做件无关紧要的琐事。也许他在读《新闻管家》的晚间新闻。他老婆也在，泼妇似的指使他干这干那。是啊，查克心想，我可以把这幕戏写得无比真实。在这方面，我有多年的丰富体验。他开始打字。

他就这么一连写了好几个小时，对非法刺激剂乙烯安非他命的效果赞叹不已。他一点儿都不觉得累，甚至比以前工作时的状态还要好。早上七点半，朝阳的金色光线照亮了窗外的街道。查克有些僵硬地站起身，走进厨房去准备早餐。该做另一份工作了，他对自己说。八点半他就要出门，去旧金山的中情局大楼，控制丹尼尔·梅吉布姆。

他拿着一片烤面包，站在打字机边上，低头翻阅自己写好的稿子。看起来不错，人物对话正是他的拿手好戏。接下来只要把稿子用空运专递寄到纽约，交给汉特曼就行了。用不到一个小时，喜剧演员就能拿到。

到了八点二十分，他正在浴室里刮胡子，突然听见可视电话响了。可视电话安好后，这还是它第一次响。

他走过去打开了电话开关，"你好。"

一个美丽动人的姑娘出现在窄小的屏幕上，五官带着爱尔兰人的特征。查克眨了眨眼。"里特斯多夫先生？我是帕特里西娅·韦弗。我刚刚听说，邦尼·汉特曼想让我出演你写的剧本。不知道你能不能送一份给我看看？我简直等不及了。这些年，我一直想在邦尼的节目里出场。我真是太喜欢他的节目了。”

查克当然有台热敏复印机，想印几份稿子都可以。“我可以把手头的部分给你，但我还没写完，邦尼也还没看过。我不知道有多少能通过，也许需要全部重写。”

“从邦尼谈起你时的样子来看，”帕特里西娅·韦弗说，“我相信一定都能过。可以发我一份吗？我把地址给你。其实我住得离你挺近的，你在加利福尼亚州北边，而我就在洛杉矶，圣莫尼卡市。不如我们碰个面吧，你愿意吗？你可以听我念我角色的台词。”

她的角色的台词。老天啊，查克突然意识到，他还没写过她角色的台词，那个婀娜多姿、胸部沉重、做了乳头扩张手术的女特工还没出场。他只写了西格·超茨和他老婆的场景。

只有一个办法了：向中情局请半天假，留在共寓里再多写几场对话。

“这样吧。”查克说，“今晚，我把稿子给你送过去。”他找到纸笔，“把你的地址给我吧。”比起这，仿生人梅吉布姆算个鬼。他这辈子还从来没见过这么美的姑娘。与她相比，其他一切事物都黯然失色，突然变得没那么重要了。

他记下地址，颤抖着挂了电话，随即把要给汉特曼看的稿子包好，在去旧金山的路上把信封扔进火箭特快专递的邮筒寄了出去,大功告成。到了中情局,他可以一边工作,一边构思韦弗小姐的戏。到了晚餐时间,他应该已经构思完成,只需要动手打字就好。晚上八点,他就可以拿着稿子去见她了。情况并没有那么糟糕嘛,查克心想。比起与玛丽在一起的噩梦生活,这简直是向前迈进了一大步。

他抵达了位于旧金山桑瑟姆大街的中情局大楼,越过熟悉的大门往里走。

"里特斯多夫,"一个声音响起,"到我办公室来一下。"是大个子罗杰·伦敦,他脸色严肃而阴沉,神色不善地打量着查克。

又要谈话了？查克心想,跟着伦敦进了他的办公室。

"里特斯多夫先生,"门一关好,伦敦就开了口,"昨晚,我们在你的共寓里安装了窃听装置。我们知道你后来干了些什么。"

"我干什么了？"查克绞尽脑汁也想不出做过什么引起中情局注意的事。除非⋯⋯和黏菌交谈时,他说漏嘴了？当然,监听设备无法探测到木卫三星人的思绪。至于自己,他只记得说过汉特曼采用了"利用中情局仿生人谋杀妻子"剧本,对他来说是抽到了下下签。但这种内容——

伦敦说:"你整夜没睡,一直在工作。这是不可能的,除非你拿到了地球上禁止流通的药物。也就是说,你有非地球人的联络人,他们为你提供药物。考虑到这种情况——"他打量着查克,

"你带来了安全隐患,我们决定将你暂时停职。"

查克十分震惊,他说:"可是要兼顾两份工作——"

"愚蠢到去使用刺激性地球违禁药物的中情局雇员,根本不可能圆满完成在这里的任务。"伦敦说,"从今天开始,仿生人梅吉布姆将由皮特·佩特里和另一位你不认识的员工汤姆·施耐德一起操控。"伦敦粗犷的面容上浮现出一个讽刺的微笑,"不过,你另外那份工作……还在吗?"

"'还在吗'是什么意思?"汉特曼的工作当然还在了,他们可是签过合同的。

伦敦说:"如果中情局的猜想正确,汉特曼一旦得知你根本无法操控仿生人梅吉布姆,你对他来说就毫无用处了。所以,我敢说,再过大概十二个小时——"伦敦抬起手腕,看了一眼手表,"也就是到今晚九点左右,你就会发现一个令人不快的事实:你失业了。我想,在那之后,你就会稍微更愿意和我们合作了。你会自愿恢复在这里的职位,并全身心地投入这一份工作。"伦敦打开办公室的门,送查克出去。"顺便说一句,"他继续说,"能把药物的来源告诉我吗?"

"我否认自己用过任何违禁药物。"查克说,但这句话在他自己听来也毫无说服力,伦敦同样心知肚明。

"为什么不配合我们,让事情简单点?"伦敦问道,"放弃汉特曼那边的工作，说出你的供药人——要不了十五分钟，你就能重新开始操控仿生人梅吉布姆。我可以亲自安排。到底有什么理由——"

"钱，"查克说："我需要两份工作的钱。"另外，奔跑蛤蜊殿下还在威胁我，他在心里说，但他不能告诉伦敦。

"好吧。"伦敦说，"你可以走了。等你决定放弃汉特曼那边，再和我们联系。希望我们就这一点达成了共识。"他拉开门等待着查克。

查克站在中情局大门外的宽楼梯上，不知所措。他无法接受这一切，但事实确实如此，他失去了固守多年的职位，只为一个站不住脚的理由。这下他没法接触到玛丽了。见鬼，并不是工资问题，汉特曼机构给他的薪金足够弥补这方面的损失。问题是没有了仿生人梅吉布姆，他就没办法执行计划了——显然他已经将计划推迟太久了。盼头消失，他的内心出现了一个巨大的空洞，心跟着往下沉，仿佛整个人的存在意义都瞬间蒸发。

他麻木地爬上台阶，再次走向中情局大楼的门。身着制服的警卫不知从哪儿突然窜了出来，挡住了他的去路，"里特斯多夫先生，很抱歉，真的，但我收到了命令，不能让你进去。"

查克说："我想再和伦敦先生见一面。一下就好。"

警卫拿出便携式对讲机，询问了一番。"好吧，里特斯多夫先生,你可以去伦敦先生的办公室了。"警卫走到旁边,旋转栅门自动为查克打开了。

片刻后,他又回到了伦敦木质装潢的宽敞办公室里。"我想你已经决定好了?"伦敦问道。

"我想讲清楚一点。如果汉特曼没有解雇我,那不就相当于证明你们对他的怀疑是错误的吗?"查克说完等待着,但伦敦紧皱眉头,并没有回答。"如果汉特曼没有解雇我,"查克说,"我会对你给我的停职处分发起上诉。我会到公务委员会去证明——"

"让你停职,"伦敦毫不迟疑地说,"是因为你用了非法药物。老实说吧,我们已经搜查过你的共寓,找到了禁药。你吃的是GB-40,没错吧? GB-40能让你持续连轴转,一天工作二十四小时,想做多久都可以。恭喜啊。可是你已经失去了这边的工作,连轴转也没什么意义。所以,祝你好运。"伦敦走回桌边坐下,拿起了一份文件,表示这次会面结束了。

"但如果汉特曼没有解雇我,"查克说,"你就知道,你们的猜测错了。我只有一个要求:到那时候,你再重新考虑一下要怎么做。再见。"他离开了伦敦的办公室,狠狠地摔上了门。天知道再见是多久以后的事了,他心想。

重新出门后,他犹豫不决地站在清晨的人行道上,被川流不息的人流推来搡去。接下来呢? 他扪心自问。不到一个月,他的人生再次发生了翻天覆地的变化：上次是与玛丽分居，现在又发生了这种事。受不了了，他心想，不知道还有什么东西剩下。

还有汉特曼那里的工作，也只有汉特曼那里的工作了。

他坐自动出租车回了共寓，马上坐回打字机前，有点背水一战的味道。好了，来写韦弗小姐出场的对话吧。查克对自己说。他暂时忘记了其他一切，世界只剩下面前的打字机和上面的白纸。我来给你写个精彩绝伦的剧本，他如此决定。说不定能因此收获一些东西呢。

他开始工作。下午三点，他写完了剧本。查克站起身来伸了个懒腰，关节嘎吱作响，身体疲惫不堪。但他的头脑无比清晰。他们在我共寓里装了窃听装置，他心想。音频和视频都有。于是他故意说出了声，"局里那帮浑蛋，敢窃听我。真是病得不轻。这下舒服多了，不用整天受猜忌——"他没再说下去。这样做又有什么用呢？他走进厨房，开始做午饭。

下午四点，查克穿上了自己最好的木卫六灵者手织蓝黑西装，给自己抹上了粉，剃了胡子，喷上只有现代化学实验室才能生产出来的男性香水，将稿子夹在腋下，大步出了门。他四处寻找喷气出租机，打算前往帕特里西娅·韦弗在圣莫尼卡市的共寓，然后——天知道会怎么样。但他满怀希望。

如果这条路也行不通，怎么办？

这是个好问题，但查克希望自己不必回答。他已经失去了太多。在这么短的时间内，他相继失去了妻子和稳定的工作，整个世界天翻地覆。他的感知系统陷入了慌乱，它已经习惯了晚上见到玛丽，白天见到旧金山的中情局办公室，但现在二者踪影皆无。总得有什么来填补这片虚空才行，他的感官都强烈地渴望着替代的事物。

查克拦下一辆喷气出租机，把帕特里西娅·韦弗的地址给了它，然后靠到车座上，拿出写好的对话稿开始通读，做一些最后的细节调整。

一个小时后，刚过五点，出租机开始在帕特里西娅·韦弗共寓楼顶的停机坪降落。这是栋风格时尚、闪闪发亮的崭新大楼。这可是重头戏，查克心想，与胸部沉甸甸的电视新秀私会小酌……他还能奢望什么呢？

出租机在楼顶停靠，查克有点摇晃地掏出机费。

9

帕特里西娅·韦弗在家，像个好兆头。她打开共寓门，说：
"哦，老天，所以你就是给我写剧本的那个人。你来得可真早啊，
之前你在电话上说——"

"剧本完成得比预想中快。"查克走进她的共寓，打量起里面
非常现代的家具。共寓内部是新–前哥伦布时期的风格，根据最
近在南美对印加文化的考古发现而设计。当然，所有家具都是手
工制造的。墙上挂着最新的动态画，上面的画面一刻不停地变化
着。画中的二维机器发出轻微的哗啦声，像是远方的海浪。比喻
得更现实一些的话，查克心想，像是地下的自动工厂。他不太确
定自己是否喜欢这些东西。

"你把稿子带来啦！"韦弗小姐开心地说。时间还早，她却已
经穿上了一条巴黎长裙，查克只在杂志里见过这样的高级时装。

这与他在中情局的生活截然不同。她的裙子款式奢华繁复，像一朵外星上的花。查克估计它至少要一千皮。这是一条可以让人得到工作的裙子，她坚挺的右侧乳房完全暴露在外，可以说是非常时尚。她在等人吗？比如说，邦尼·汉特曼？

"我正要出门，"帕特里西娅解释道，"有场鸡尾酒会。我打电话取消一下。"她走向可视电话，又细又高的鞋跟踩在人造的印加风格泥土地面上。

"希望你喜欢这个剧本。"查克说，在屋子里来回走了几步，觉得自己相形见绌。这一切都让他目不暇接，精致又昂贵的裙子，手工制造的家具……他站到一幅挂画前，看着上面的抽象图案不断变换组合，形成一个又一个永远不会重复的画面。

帕特里西娅打完电话，走了回来。"我正巧赶在他离开MGB制片厂前跟他讲了。"她没说是谁，查克也没有问，估计问了也只会更加自惭形秽。"喝一杯吗？"帕特里西娅走到餐柜边，打开前哥伦布时期的镶金木柜，里面摆满了酒。"爱奥尼亚的乌兹球鸡尾酒怎么样？劲儿挺厉害的，你一定得尝尝看。我敢打赌北加州没有，那儿的人都太——"她挥了挥手，"太假模假样了。"她开始调酒。

"我能帮点什么忙吗？"查克走到她身边，严肃正经，但又想派上用场……至少他是这样打算。

"不用,谢谢。"帕特里西娅手法熟练地把酒递给他。"在看剧本之前,"她说,"我先问你,我的戏份多吗?"

"嗯。"查克说。他已经尽量增加帕特里西娅的戏份了,但事实是,她的角色无足轻重。就算鱼头都留给她了,重要的鱼肉仍然在邦尼的盘子里。

"这么说,戏份不多。"帕特里西娅说,走到长凳模样的沙发上坐下,花瓣般的裙摆在她身体两侧摊开。"麻烦让我先读读看吧。"现在,她完全是公事公办的态度,专业又冷静。

查克坐到她对面,把稿子递了过去。稿子里包括已经寄给邦尼的部分,也包括邦尼没看过的、为她写的新部分。也许这么做并不妥当,毕竟邦尼还没读过……但查克已经决心要这样做,不管是对是错。

"另外这个女人,"过了一会儿,帕特里西娅开了口。她没用多久就读完了,"这个妻子,西格要杀的泼妇。她的戏份多得多,从头到尾她都在场。而我只出现了一幕,在他的办公室,她走了进来……在中情局总部……"她伸手指着剧本。

她说得没错。查克已经尽力而为,但她的戏份就这么多。事实如此,而且帕特里西娅过于精明老到,这根本骗不过她。

"我尽量增加你的戏份了。"查克诚恳地说。

帕特里西娅说:"这就像那种特别糟糕的桥段,找个女孩过来站着，只要看起来性感就够了，其实什么也不用做。我可不想仅仅穿着件紧身胸衣，在旁边当个花瓶。我是一个演员，我需要台词。"她把稿子还给了查克。"拜托了，"她说，"里特斯多夫先生，你就行行好，把我的戏份多加一点吧。邦尼还没看过这份剧本吧？这是你我之间的秘密。我们一起努力想想吧。加一场餐厅的戏怎么样？西格要见这个姑娘——莎伦。他们找了家隐蔽的高档餐厅见面，他老婆突然来了……没等回家，西格当场就跟她吵了起来，这样的话，我的角色莎伦就可以加入这场戏里了。"

"呃，嗯。"查克说，呷了口酒。那是种奇特的混合甜味，和蜂蜜酒很像。查克突然想知道酒里都放了些什么。对面的帕特里西娅已经喝完了自己那杯，回到餐柜旁去调下一杯了。

查克也起了身，走到帕特里西娅身边。帕特里西娅娇小的肩膀扫过他身边，他能闻到调酒中那独特又奇怪的气味。他注意到，这种鸡尾酒的调料之一并不产自地球，那上面的印刷字像是阿尔法星系的。

"这是阿尔法一号星的东西。"帕特里西娅说，"邦尼给我的，是他认识的阿尔法星人送给他的礼物。在宇宙的每一种生物里，邦尼都有认识的人。你知道他曾经在阿尔法星系里住过一阵子吗？"帕特里西娅举起酒杯，转身面对着查克，沉思着喝了一口，"我也想去其他星系看看。那感觉就像是——怎么说呢——自己变成了超人。"

查克放下酒杯,把手搭在帕特里西娅·韦弗瘦弱但坚硬的肩膀上,裙子有些褶皱。"我可以尽量增加你的戏份。"他说。

"好啊。"帕特里西娅说,靠到他身上,把脸埋到他肩上叹息一声。"这对我确实很重要。"她说。她红褐色的长发拂过查克的脸颊,挠得他鼻子发痒。查克拿过她的酒杯喝了一口,随即放到旁边的餐柜上。

他再回过神时,两人已经在卧室里了。

是酒精的作用,查克心想。酒精和那个什么什么殿下给我的违法丘脑刺激剂 GB-40 混合在一起了。卧室几乎一片漆黑,但查克还能看清帕特里西娅·韦弗的轮廓。她坐在查克右手边的床沿上,解开了裙子上某处复杂的结构。最后裙子总算滑落下来,帕特里西娅小心翼翼地将它挂进了衣柜,随即回到床边,手放在胸上,动作有些奇怪。查克盯着她看了一会儿,随即意识到她在按摩自己的肋骨。之前那裙子限制了她的行动,现在终于可以放松下来,随意活动了。查克看到,她的两只乳房大小完美,也就是说,大部分都是人造填充物。帕特里西娅走路的时候,她的胸部根本纹丝不动,一晃也不晃,左右都一样质地僵硬。

帕特里西娅如喝醉的石头般一头倒在他身边,这时电话突然响了。

帕特里西娅骂了句脏话,查克吓了一跳。她滑下床去,摸索了一会儿,找到睡袍套上,随即赤脚走向门外,一边系着睡袍的带子。"我马上就回来,亲爱的。"她淡淡地说,"在这儿等我。"

查克躺在床上望着天花板,感受着身下的柔软,闻着床上的芳香。感觉过了很久很久,他的心情快乐无比。这种等待本身就是一种极为平静的享受。

帕特里西娅·韦弗突然出现在卧室门口,身着睡袍,长发散落在肩上。查克等待着,但她并没有向床边走来。查克猛然醒悟:她不会再接近了。她连一步都没走进来。他立即坐了起来,无比放松的心情蒸发不见。

"谁的电话?"他说。

"邦尼。"

"怎么了?"

"不演了。"帕特里西娅终于进了屋,但她径直走到衣橱边,拿出款式简单的短裙和衬衫,然后捡起地上的内衣又出了门,显然要到别处去更衣。

"为什么?"查克跳下床,开始急急忙忙地穿衣服。帕特已经不见人影,远处传来房间关门的声音。她没回答,显然根本没听见他的问题。

等查克穿好衣服坐在床边,开始系鞋带时,帕特里西娅回来了。她同样已经穿戴整齐,站在旁边梳着头发,脸上毫无表情。她就那么看着查克摸索着系鞋带,一言不发。她仿佛人在光年以外,整个卧室都充斥着一股不带感情的冷淡气息。

"告诉我,"查克又问道,"为什么不演了?把邦尼·汉特曼说的一五一十地告诉我。"

"哦,他说他不会用你的剧本。如果我给你打了电话,或者你给我打了电话——"接电话之后,帕特里西娅第一次正眼看了看查克,仿佛刚发现他还在,"我没说你人在这儿。他叫我如果跟你联系上了就告诉你一声,他反复考虑过你的点子,觉得不怎么样。"

"我的点子?"

"整个剧本。他收到你寄过去的稿子了,觉得写得一塌糊涂。"

查克感觉到自己的血冲上头,连耳朵都红了起来。他僵立在地,疼痛感如结霜般蔓延到脸上,嘴唇和鼻子都一阵发麻。

"所以,"帕特里西娅说,"他会叫常驻编剧达克和琼斯写点儿别的。"

过了好长一段时间,查克嗓音嘶哑地问:"我应该主动联系他吗?"

"他没说。"帕特里西娅梳完了头发,再次离开卧室消失了。查克站起身走了出去,发现帕特里西娅在客厅。她在可视电话边拨号。

"你要给谁打电话?"查克问道。

帕特里西娅冷淡地说:"我认识的人。叫他带我出去吃饭。"

查克用懊恼至极的声音大声地说:"我可以带你出去吃饭。我很乐意。"

姑娘根本无心回答,只是继续拨号。

查克走到前哥伦布时期的长凳边,拾起自己的稿子,重新装回信封里。与此同时,帕特里西娅约好了聚会,她的轻声细语隐约传来。

"回头见。"查克说。他穿上大衣,走到共寓门口。

帕特里西娅连头都没抬,专心致志地看着电话屏幕。

查克带着痛苦和愤怒用力摔上门,穿过铺着地毯的走廊上了电梯。路上他绊了两跤。他心想:老天,那杯酒的后劲还在。也许这整件事都是一场幻觉,是由 GB-40 和她那杯酒中的什么东西混合制造出来的。叫什么来着,木卫三乌兹毛之类的玩意儿。他的大脑僵硬冰冷,死气沉沉。他的心情也同样像冰冻了一般,唯一能想到的事就只是离开这里,离开圣莫尼卡,回北加州他的共寓去。

伦敦的猜疑是正确的吗?查克无法判断。也许事情就只是像帕特里西娅说的那样简单:他寄给邦尼的稿子糟糕透顶,仅此而已。然而——

　　我得赶紧联系邦尼,查克意识到。现在就联系。我应该在她共寓里就打电话。

　　他在共寓大楼底层找到了付费可视电话,开始拨打汉特曼机构的号码,但还没拨完就又把听筒挂了回去。我想知道真相吗?他扪心自问。我承受得了真相吗?

　　他离开了可视电话亭,呆站了片刻,随即走出大门,走上了傍晚的街道。至少先等到我的头脑完全恢复清醒吧,他心想。等那杯她给的充满非地球毒素的酒彻底排空。

　　他把双手插在口袋里,漫无目的地走在人行道上。每过去一分钟,他就越发感到害怕和绝望。身边的一切都在分崩离析。而他根本无能为力,无法阻止世界坍塌,只能束手无策地看着,裹挟在无法理解的宏大力量中随波漂流。

　　一个事先录好的女性声音在他耳边重复:"请支付二十五分皮,先生。请支付硬币,此处不接受纸钞。"

　　查克回过神来眨了眨眼,环顾四周,发现自己又进了一个电话亭。可是要给谁打电话呢?邦尼·汉特曼?他在口袋里摸索了一会儿,找出一枚二十五分皮硬币,塞进付费电话的投币口。很快就出现了清晰的图像。

接电话的人不是邦尼·汉特曼，而是琼恩·德里雅斯特，她缩小的头像在屏幕上看着他。

"出什么事了？"琼恩敏锐地说，"你的脸色糟糕透了，查克。你生病了吗？你是在哪儿打电话？"

"我在圣莫尼卡。"查克说。他觉得他应该还在，毕竟没有坐车回到湾区的记忆。时间上感觉也没过去多久……真的吗？他看了看手表。已经过了两个小时，现在已经晚上八点多了。"我无法接受。"他说，"今天早上，中情局认为我是个安全隐患，让我停职了。现在——"

"我的老天爷。"琼恩认真地听着。

查克咬紧牙关说："邦尼·汉特曼也开除了我，但我不敢确定。老实说，我不敢给他打电话。"

一阵沉默。然后琼恩冷静地说："你必须给他打个电话，查克。要不我帮你打吧，我可以假装是你的秘书——别担心，我应付得来。把你所在的电话亭号码告诉我。千万别屈从于抑郁情绪。我已经很了解你了，我知道，你会重燃自杀的念头。如果你在圣莫尼卡市自杀，我没法及时赶来救你。"

"谢谢。"查克说，"很高兴能听到还有人在乎我。"

"你只是一下子遇到了太多变故。"琼恩用她那极富常识又睿智的声音说，"先是婚姻破裂，这下——"

"给他打电话吧。"查克打断了她，"这是号码。"他举起纸条对准屏幕，琼恩记了下来。

挂掉电话后，查克在电话亭里抽着烟陷入了沉思。他的头脑逐渐恢复了清醒。回忆自己在六点到八点之间都干了些什么，他的双腿僵硬疲惫，隐隐作痛。也许他一直在走路，漫无目的地在圣莫尼卡的大街上东走西逛。

他把手伸进大衣口袋，拿出随身携带的小罐，里面是GB-40胶囊。他干咽了一颗胶囊下去。这样应该能消除他的疲惫。但如果要忘掉眼前灾难性的处境，他恐怕要把整个额叶切掉才可以。

黏菌，他想到。黏菌也许会帮我。

他从马林郡信息簿上找到了奔跑蛤蜊殿下的号码，立刻投币打了电话。铃声响起，屏幕仍然空白一片。

"你好。"出现的不是声音，而是在屏幕上依次拼出的文字。黏菌无法发出声音，不能使用音频电路。

"我是查克·里特斯多夫。"查克说。

更多的字词浮现出来。"你有麻烦了。虽然隔得这么远，我无法读心，但我听得出你声音里的情绪。"

"你能影响到汉特曼吗?"查克问道。

"我之前也跟你说过了——"文字通过视频扫描仪，浮现成窄窄的一行,"我根本不认识他。"

查克说:"他开除了我。我想让你劝说他,继续让我工作。"老天,查克心想,我好歹都得有份工作。"是你让我跟他签合同的,"他继续说,"你要负的责任多着呢。"

"你在中情局的工作——"

"停职了。因为我和汉特曼扯上了关系。"查克口无遮拦地说,"汉特曼认识的非地球人太多了。"

"我明白了,"文字继续出现,"你那个神经高度紧张的安全机构。我本该想到的,可我却没想到。你应该想到的,毕竟你在那儿干了这么多年了。"

"听着,"查克说,"我不想跟你争论这事究竟该怪谁。我只想要一份工作,随便什么工作都行。"必须今晚就搞定,查克心想,我等不了。

"让我考虑考虑。"黏菌通过移动的字幕对他说,"给我——"查克愤怒地挂了电话。

他把自己关在电话亭里一边抽烟一边等待,想知道琼恩回电话时会带来怎样的消息。他心想:也许她不会回电话了。特别是如果没有任何好消息的话。真是糟糕透顶。我到底是怎么搞成——电话响了。

他拿起听筒,"琼恩?"

琼恩的缩小影像出现在屏幕上，"我打了那个号码，查克。接电话的是他的手下，费尔德先生。一切都很混乱。费尔德只说，叫我去看晚间新闻。"

"好吧。"查克说，心比之前更凉了，"谢谢。我去找份《洛杉矶晚报》。回头见。"他挂了电话，快步走出电话亭，在人行道上寻找起流动报摊。

没过几分钟，他就买到了一份晚报，借着旁边商店的灯光开始阅读。他要找的信息就在头版上。当然了，汉特曼可是最红的电视小丑。

汉特曼勾结非地球势力被中情局逮捕，枪战后成功逃逸

查克把文章读了两遍，才终于有了些实感。事情是这样的。当天早些时候，中情局通过情报收集网得知，汉特曼机构开除了查克·里特斯多夫。在中情局看来，这就相当于证实了他们的怀疑：汉特曼之所以对查克感兴趣，完全是因为在阿尔法三号M2卫星上开展的"五十分钟行动"。他们由此推断，正如他们此前长年所怀疑的一样，汉特曼是阿尔法星系派来的特工。于是他们立刻展开了行动，因为只要稍有耽搁，汉特曼安插在中情局中的奸细就会走漏风声，助他一逃了之。事实简洁明了，但又极为骇人。查克拿报纸对着灯光，双手微微发抖。

尽管中情局迅速采取了行动，汉特曼还是成功逃走了。也许是汉特曼的组织有效地发出了预警。根据报纸上的说法，中情局派出的空中行动队是在纽约的电视台摄制厅对汉特曼发起突袭的，而汉特曼对此早有防备。

所以，邦尼·汉特曼现在在哪儿呢？很有可能是在去阿尔法星系的路上。那查克·里特斯多夫又在哪儿呢？他哪儿也去不了。他面前只有一大片沼泽般的空洞，里面没有人，没有目标，也没有存在的理由。汉特曼本可以给电视明星帕特里西娅·韦弗打个电话，告诉她戏约取消了，但他才懒得——

汉特曼的电话是傍晚打的，在中情局逮捕行动失败之后。也就是说，帕特里西娅·韦弗知道汉特曼人在哪里。这只是一种可能性，但至少是条线索。

查克迅速打了辆出租车，回到了帕特里西娅·韦弗雄伟辉煌的共寓大楼。他付了车钱，快步走到门口，按了她的门铃。

"谁啊？"她的声音仍然冷静而不带感情，甚至比之前更甚。

查克说："是我，里特斯多夫。我有一些稿子落在你共寓里了。"

"我没看见。"她听起来并不相信。

"让我进去，我马上就能找到。两分钟就好。"

"好吧。"高大的金属门"咔"的一声打开了，是帕特里西娅在楼上遥控按开的。

查克坐电梯上了楼。帕特里西娅的门开着,他就直接走了进去。在客厅里,帕特里西娅态度冷淡地等着他。她双手抱胸,无言地望着窗外的洛杉矶夜景。"这儿没有你那该死的稿子。"她对查克说,"我真不知道——"

"邦尼给你打的电话,"查克说,"他是从哪儿打来的?"

帕特里西娅盯着他,挑起了眉,"我不记得了。"

"你看过今天晚间的《新闻管家》了吗?"

她沉默良久,耸耸肩,"或许吧。"

"中情局逮捕失败后,邦尼给你打了电话。这你很清楚,我也清楚。"

"那又怎么样?"帕特里西娅根本没正眼瞧他。在查克这一生中,从来没有人这么冷淡地无视过他。但他仍然感觉到,在帕特里西娅冷酷的态度之下,她其实吓坏了。毕竟她非常年轻,还不到二十岁。查克决定就此赌一把。

"韦弗小姐,我是中情局特工。"他的中情局证件还在。他从大衣口袋里拿出来,向她出示,"你被捕了。"

帕特里西娅惊恐地睁大了眼睛,旋即转过身去,掩住一声慌乱的叫喊。查克察觉到,她的呼吸骤然变快,沉甸甸的红色毛衣飞快地一起一伏。"你真的是中情局特工?"她好不容易挤出声音,

"我还以为你是电视节目编剧。邦尼是这么说的。"

"汉特曼机构里到处都有我们的人,我的掩护身份就是电视节目编剧。走吧。"查克抓住了帕特里西娅·韦弗的胳膊。

"要去哪儿?"帕特里西娅惊恐地挣扎着。

"去中情局的洛杉矶办公室,你将被关押在那里。"

"为什么?"

"你知道邦尼·汉特曼人在哪里。"查克说。

一阵沉默。

"我不知道。"帕特里西娅说,整个人都泄了力气,"我真的不知道。他打电话过来的时候,我不知道你们要逮捕他——他什么也没说。你走后,我出去吃饭,才看见晚报上的报道。"她愁眉苦脸地走向卧室,"让我拿一下外套和手提包吧,我还想涂点口红。但我说的是实话,真的。"

查克跟在她身后。进了卧室,帕特里西娅从衣橱里拿出大衣,又打开梳妆台的抽屉找手提包。

"你觉得,他们会把我关多久?"她一边在手提包里摸索,一边问。

"哦,"查克答道,"不会超过——"他定住了。帕特里西娅正拿一把激光手枪对着他。显然是在手提包里找到的。

"我不相信你是中情局特工。"她说。

"我确实是。"查克说。

"滚出去。我不知道你想干什么，但邦尼给了我这把枪，叫我在必要的时候用。"她的手在抖，但枪口一直对着他，"快走吧。"帕特里西娅说，"离开我的共寓。如果你不走，我就杀了你。我真的会开枪——我是认真的。"她看起来恐惧极了。

查克转过身走出共寓，穿过走廊来到电梯前。电梯还在原地没有动过，他走了进去。

片刻后，他到了楼下，走到了人行道上。周围已经一片漆黑。好吧，这边算是没戏了。和他预想的完全不一样。话说回来，他不为所动地心想，他也没有损失什么……唯一受损的可能是他的自尊心。而自尊心，只要有足够的时间，总能恢复过来的。

接下来没什么可做的了，只能回北加州。

十五分钟后，他坐上了飞机，回马林郡那间破败的共寓。总体来说，他在洛杉矶一无所获。

查克回到自己的共寓，发现灯和暖器都开着，琼恩·德里雅斯特坐在椅子里听着广播中播放的海顿早期的交响乐。一见到他，琼恩就跳了起来。"谢天谢地，"她说，"我担心死了。"她弯腰拿起《旧金山新闻》，"你也读过报纸了。这对你有什么影响？中

2

情局会来逮捕你吗？作为汉特曼的下属？”

“不知道。”查克说，关上了门。就目前来看，中情局并没想抓他，但琼恩说得对，这是个值得深究的问题。他走进厨房，将茶壶放到灶上，准备煮咖啡。在这种时候，他偏偏没有自动咖啡机。自动咖啡机是他给玛丽买的炉灶的一部分——他买来送给她，然后在分居的时候留给了她，和其他一切东西一起。

琼恩出现在厨房门口，“查克，我觉得你应该给中情局打个电话，找个认识的人，比如你以前的上司。好吗？”

查克有些苦涩地说：“你太遵纪守法了。永远那么老老实实听权威的话——我说得没错吧？”他没告诉琼恩，在一切都开始崩塌的危急关头，自己下意识地去找邦尼·汉特曼，而不是中情局。

“拜托。”琼恩说，“我和奔跑蛤蜊殿下谈过了，他也持同样的看法。我之前在听广播新闻，他们说汉特曼组织里的其他员工也被捕了——”

“别管我了。”查克拿出装速溶咖啡粉的罐子，双手颤抖着舀了一大勺放进陶瓷杯。

“如果你不联系他们，”琼恩说，“我就帮不了你。我最好还是走吧。”

查克说：“你又能帮得了我什么？你以前帮过我什么？我打

赌,在我之前,你从来没见过在一天内丢掉两份工作的人。"

"那你打算怎么办?"

"我觉得,"查克说,"我应该移民到阿尔法星系去。"他心想,说得更具体点的话,到阿尔法三号M2卫星去。如果他能找到汉特曼——

"这么说,中情局是对的。"琼恩说,眼中燃起了怒火,"汉特曼组织听命于非地球势力。"

"老天爷。"查克厌恶地说,"战争都结束多少年了!我受够这堆惊险刺激的间谍故事了,我这辈子已经听得够了。既然我想移民,就让我移民啊。"

"我应该逮捕你。"琼恩并没显出动真格的意思,"我有枪。"她随即拿出一把随身携带的枪给查克看,那枪无比娇小,但无疑是真枪。"但我做不到,我同情你。你是怎么把自己的生活搞成这样的?奔跑蛤蜊殿下费了老大的劲——"

"都怪他。"查克说。

"他只是想帮你。他看得出,你总在逃避责任。"她眼神闪烁,"难怪玛丽会跟你离婚。"

查克呻吟一声。

"你就是不肯努力。"琼恩说,"你已经放弃了,你——"她住了口,瞪着查克。查克也听到了。木卫三黏菌的思绪从走廊对面传了过来。

"里特斯多夫先生,一位男士正在走廊里,向你共寓的方向移动。他携带了武器,目的是强迫你跟他走。我不知道他是谁,有什么目的,因为他在头盖骨内侧安装了某种格栅,可以阻挡读心术。因此,他要么是军队的人,要么是安全警察或者情报警察,要不然就是犯罪集团或者叛国组织的人。总之,做好准备。"

查克对琼恩说:"把你的激光手枪给我。"

"不。"琼恩拔出枪,瞄准了共寓门口。她的脸色平静而坚定,显然已经做好了准备。

"老天,"查克说,"你会死的。"他知道会发生什么,几乎能像预言者那样清晰地看到未来在眼前发生。他以闪电般的速度一把抓住激光枪,从琼恩手中抢了过来。激光枪飞到了一边。查克和琼恩同时向它冲去,伸手去够,结果撞在一起。琼恩惊吸一口气,跌撞着靠到了厨房的墙面上。查克四处瞎摸,手指碰到了枪,把它握在手里,打算站起来……

什么东西打中了他的手。查克感到一阵炙热,吃痛松开了手,激光枪咣啷一声掉在地上。与此同时,一个陌生的男声在他耳边响起:"里特斯多夫,如果你去捡枪,我就杀了她。"说话的男人不知何时进了客厅。他关上门,往厨房走了几步,手里的激光枪对准了琼恩的方向。那是个中年男人,穿着地球材料制作的廉价灰色大衣,脚上是双模样奇特而老旧的靴子。查克对他的第一印象是某个古怪的外星来的异族人。

"我看他是汉特曼的人,"琼恩说,缓缓地站起身来,"所以他没开玩笑。但如果你觉得能赶在他之前——"

"不行,"查克马上回答,"我们两个都会死。"他转头面对着男人,"我之前一直想和汉特曼取得联系。"

"行了,"男人说,冲门口一挥手,"女士可以留在这儿。我只要你,里特斯多夫先生。跟我走,别再浪费时间了,还有很长的路要赶呢。"

"你可以去问帕特里西娅·韦弗。"查克说,走在中年男人前面,出门进了走廊。

男人在他背后哼了一声,"闭嘴吧,里特斯多夫先生。无聊的话已经说得够多的了。"

"比如说呢?"查克停下脚步,感到恐惧越来越深。

"比如你作为中情局的间谍,加入我们机构。我们现在知道你为什么要接下编剧的工作了:为了拿到关于本的证据。所以你拿到什么证据了?你见到了一个阿尔法星人,这违法吗?"

"不。"查克说。

"就为这种事,他们要打死他。"男人拿着枪说,"去他的,他们好几年前就知道邦尼在阿尔法星系生活过了。战争已经结束了。是，他和阿尔法星是有经济上的联系，但是哪个生意人没有呢？他是全国性的名人，谁都认识他。我告诉你中情局为什么突然决定要抓他吧。邦尼构思了一个剧本，讲的是中情局仿生人要杀人，中情局觉得他是要用这个节目——"

在他们前方，木卫三黏菌从自己的共寓流出来，在走廊里现了形，摊成巨大的黄色圆球挡住了路。

"让开。"持枪男说。

"抱歉，"奔跑蛤蜊殿下的思绪传到了查克脑中，"我是里特斯多夫先生的同事，我不能就这么看着你带走他。"

激光枪噼啪作响。红色的细线掠过查克身旁，消失在黏菌身体中央。黏菌发出一阵爆裂声，萎缩成一团冒着烟的黑炭，干硬的表皮片片开裂，烫焦了走廊的木地板。

"走。"持枪男对查克说。

"他死了。"查克说。他不敢相信自己的眼睛。

"在木卫三上，"持枪男说，"这样的家伙还多着呢。"他长满横肉的脸上满是警惕，"进了电梯，按上楼的按钮。我的飞船在屋顶上，那停机坪可真是小得够呛。"

查克麻木地走进了电梯，持枪男跟在他身后。不久，他们就到达了屋顶，举步迈入夜晚寒冷的雾气中。"告诉我你的名字。"查克说，"只要你的名字就好。"

"为什么?"

"这样我以后好找到你,为奔跑蛤蜊殿下报仇。"他恐怕早晚会和这个人坐上同一班火箭。

"没问题,我很乐意。"男人说,催促查克上了屋顶的喷气机。飞机闪着停机灯,发动机发出低沉的轰鸣。"我叫埃尔夫·切利根。"男人坐到仪表盘前,自我介绍道。

查克点点头。

"你喜欢我的名字吗? 觉得好听不好听?"

查克什么也没说,直瞪着前方。

"你不打算说话了?"切利根如此判断,"真遗憾哪。在抵达月球的布拉赫城之前,咱俩可是谁也离不开谁。"他伸手扳下自动巡航开关。

他们身下的喷气机跃动了几下,结果并没有起飞。

"你在这儿待着,"切利根说,冲查克挥了挥激光手枪,"别碰仪表盘。"他推开顶部舱门,不耐烦地探出头,眯眼望着黑暗,想知道是什么阻碍了飞机升空。"我的老天爷,"他说,"连接尾部的外部导线——"话音骤然中断,他飞快地钻回机舱里,抬起激光枪开了火。

屋顶的黑暗中闪过一道迎面而来的激光,与切利根的激光相交而过,穿过敞开的舱门击中了他。切利根手中的枪掉了下去。他靠在舱壳上阵阵抽搐,像只负伤的野兽般扭动几下,随即倒地。他大张着嘴,双眼失去了神采,只剩下一片空洞。

查克弯腰捡起掉落的激光枪,向外望去,想看看黑暗里的救兵是谁。是琼恩,她跟着查克和切利根进了走廊,然后坐人工操作的紧急升降梯,稍迟一步赶到了屋顶。查克有些迟疑地从机舱里钻出头,招呼了琼恩一声。这是切利根的疏忽,他并不知晓琼恩是位带枪的警察,而且已经习惯了处理突发情况。她的行动之快,就连查克都很难反应过来:她先是开枪击毁了喷气机的巡航系统,然后开了第二枪,将埃尔夫·切利根一击毙命。

"出得来吗?"琼恩问,"我没打着你吧?"

"我没事。"查克说。

"听着。"琼恩靠近舱门,注视着埃尔夫·切利根蜷成一团的尸体,"我可以救活他。还记得吧? 你希望我这么做吗,查克?"

查克思考片刻,想起了奔跑蛤蜊殿下。因为这个原因,他摇了摇头。

"听你的。"琼恩说,"让他就这么死掉吧。我不喜欢这样,但我能理解。"

"那奔跑蛤蜊——"

"查克,我救不了他,太迟了。已经超过五分钟了。我的选择只有两个,要么留在下面救他,要么奔过来帮你。"

"那你还不如——"

"不。"琼恩语气坚定地说,"我做了正确的选择。你会明白的。你身上有放大镜吗?"

查克有些意外,他说:"不,当然没有。"

"在喷气机的修理箱里找找看,应该在控制板下方的柜子里。里面有修理小型电路的微型工具……那儿应该有小型放大镜。"

查克已经无法思考,就听她的话打开柜子,翻找起来。过了片刻,他的手碰到了小型放大镜。他拿在手里,钻出了喷气机。

"我们下楼吧,"琼恩说,"回它那边。"很快,两人就蹲在了曾经是同伴木卫三黏菌的一小堆焦炭边。"把放大镜按到你眼眶上,"琼恩告诉查克,"四处找找。找得仔细些,特别是在地毯的绒毛之间。"

"找什么?"

琼恩说:"它的孢子。"

查克吃了一惊, "它还来得及——"

"对它们来说,在受到攻击的那一瞬间播撒孢子是种本能反应,应该是下意识发生的。希望如此。孢子很小,棕色,圆形,用小型放大镜应该能看得见。裸眼当然是看不见的。你来找,我去准备培养基。"琼恩说完就钻进了查克的共寓。查克迟疑片刻,手脚并用地跪在地毯上,开始寻找奔跑蛤蜊殿下的孢子。

琼恩回来的时候,他的手掌上已经摆了七颗微小的圆球。在放大镜下,它们是棕色的,表面光滑而闪亮,完全就是孢子的模样。而且他是在黏菌残骸附近发现它们的。

"它们需要土壤。"琼恩说,递出在查克厨房里找到的量杯,看着他将那几颗孢子放了进去,"还有时间和水分。至少找到二十颗吧,并不是所有孢子都能存活。"

最后,查克在肮脏破旧的地毯上一共找到了二十五颗孢子。将它们全都放进量杯后,他和琼恩来到楼下,走进后院。两人摸黑用手挖了些黑色泥土,弄松散后放进了量杯。琼恩找到一根水管,往土里洒了些水,然后用保鲜膜封起量杯的杯口,隔绝空气。

"木卫三上的气候温暖湿润。"她解释道,"要模拟孢子生长的气候,我只能做到这样了,但我想问题应该不大。奔跑蛤蜊殿下跟我说过,曾有木卫三黏菌在紧急情况下,在地球上的开放式环境里成功播撒孢子生存下来过。所以,我们还有希望。"她小心翼翼地捧着量杯,和查克一起走回楼里。

"要多久?"查克问,"什么时候我们才能知道成功没有?"

"我也不知道。快的话要两天,慢的话要一个月吧,这取决于月相——以前也有过这样的情况。"琼恩解释道,"听起来很像迷信,但月亮真的会影响孢子的活性。所以还是认命吧。月亮越圆,条件就越好。我们可以看看今晚的《新闻管家》怎么说。"两人上楼回到了他的共寓。

"那这个新的……"查克犹豫了一下,"新一代的黏菌,能保留多少记忆呢?它——它们,还会记得我们,记得在这里发生过什么吗?"

琼恩一边坐下来读报纸,一边说:"这取决于它当时的反应有多快。如果散播孢子的时候——"她合上报纸,"看起来过几天就会有反应了。"

"如果我带孢子离开地球,"查克说,"远离月亮的影响,会怎么样?"

"它们仍然会生长,但速度可能会变慢。你有什么计划?"

"既然汉特曼机构派人来找我,"查克说,"结果这个人出了事——"

"哦,当然。"琼恩表示赞同,"他们还会派其他人来。可能几个小时以后,他们发现第一个人被我们干掉了,就会再有人来。那个人也许还安了死亡信号器,心脏一停跳,他们就知道了。你说得对,你应该尽快离开地球。可是要怎么离开呢,查克?要想彻底躲起来,你得有相应的资源—— 一些钱和帮你的人。可你没有,你现在根本没有收入。你有存款吗?"

"联名账户都交给玛丽了。"查克陷入思索,坐下点了一支烟。"我有个办法，可以试试看。"过了一会儿他说，"你最好还是不听为妙。明白我的意思吗？我看起来是不是特别神经质，被吓得要死？"

"你只是有点紧张而已。这也不怪你。"琼恩站了起来，"我去走廊里吧，我知道你要打电话。你先打，我联系一下罗斯市警察局，叫他们来处理一下我们头顶那架喷气机里的人。"她这么说着，走到共寓门口又停下脚步，"查克，我很高兴能帮到你，没让你被他们带走。我差点儿就没赶上。那架喷气机本来要去哪儿？"

"为了你的安全，我还是不说了吧。"

琼恩点点头，带上了门。屋里只剩下查克一个人。

他立刻拨打了中情局旧金山分局的电话，花了一些时间才找到前上司杰克·埃尔伍德。埃尔伍德在家，接电话时很不耐烦，看见是查克也没高兴到哪儿去。

"我们做个交易吧。"查克说。

"交易！我们相信，是你直接或间接地向汉特曼发出了警告，让他有机会逃跑。不是这样吗？我们甚至知道你和他的中间人——圣莫尼卡市的那个当红女星，那个汉特曼的现任小情人——有联系。"埃尔伍德对他怒目而视。

这查克还是第一次知道，他没意识到帕特里西娅·韦弗还有这重身份。不过,这都无所谓了。"我打算和你们做的交易,和中情局正式达成交易,是这样的。"查克说,"我知道汉特曼在哪儿。"

"这一点儿也不奇怪。让我奇怪的是,你居然会告诉我们。为什么,查克?汉特曼的'幸福一家'起了内讧,把你踢出来了?"

"汉特曼机构已经派人来过了。"查克说,"我们没让他得逞,但很快他们会再派人来,直到汉特曼抓到我为止。"查克没费心对埃尔伍德解释自己走投无路的处境。前上司不会相信他的话,再说不管怎样,他想要的东西都一样。"我告诉你们汉特曼藏在哪儿,作为交换,你们给我一艘中情局C+飞船。能够进行跨星际飞行、军用追捕类的小型飞船。我知道你们有好几艘这样的船,给我一艘也无伤大雅,还能得到无价的宝贵信息。"他补充道,"回头我会把船还回来的。我只是想借来用一下。"

"老实说,你听起来是准备逃跑。"埃尔伍德一针见血地说。

"我是。"

"好吧。"埃尔伍德耸耸肩,"那我就相信你,无所谓。所以呢?你告诉我汉特曼在哪儿,我会在五个小时以内把飞船给你准备好。"

查克心想:也就是说,他们要先验证我给的信息是否准确,再给我船。如果他们找不到汉特曼,就不会给我,我等了也是白等。但中情局的专业特工不可能以其他方式来处理这件事，他们就是干这个的，生命对他们而言不过是一场豪赌。

他认命地说："汉特曼在月球上，在布拉赫城。"

"在你共寓里等着吧。"埃尔伍德立即回答，"飞船会在明天深夜两点过去。顺利的话。"他给了查克一个意味深长的眼神。

查克关了电话，走进客厅，拿起咖啡桌边上快要燃完的烟头。如果飞船不来，一切就都结束了。他没有其他计划，没有二手准备。也许琼恩·德里雅斯特还能再救他一次，万一汉特曼的人杀死了他，琼恩甚至可以把他从死亡里带回来。但只要他还留在地球上，他们迟早会找到他，杀了他，最不济也会监禁他。现代的侦察设备就是这么先进。只要时间足够，目标还在这颗星球上，他们总能找到的。但月球不一样，月球上有许多未经勘探的地区，很难进行侦察工作。此外还有许多遥远的行星和卫星，只要逃过去，几乎就不可能再有人找到他了。

阿尔法星系就是这样的一个地方。比如阿尔法三号星和它的几颗卫星，包括M2卫星，或者说特别是M2号卫星。有了中情局的超光速飞船，要不了几天，他就能抵达那里。玛丽一行就是那么过去的。

查克打开门，对琼恩说："好了，我唯一要打的电话打完了。就这样。"

"你要离开地球了?"她漆黑的眼睛睁得老大。

"回头就知道了。"他重新坐下,静等结果。

琼恩极为小心地将装有奔跑蛤蜊殿下孢子的量杯放到查克身边的沙发扶手上,"给你。我知道你想留着,毕竟它是为你送了命,你觉得自己有责任。我给你讲讲,等孢子开始活跃后要做些什么。"

查克拿出纸笔,记下她的话。

过了好几个小时,罗斯市警察局的人终于出现,带走了屋顶上的尸体。当琼恩·德里雅斯特离开后,查克才意识到自己做了什么。这下邦尼·汉特曼说的话成真了:他真的将汉特曼出卖给了中情局。他这么做是为了保命。但在汉特曼眼中,这恐怕不能称之为理由,毕竟他也是为了保命。

无论如何,事已至此。查克继续在共寓里独自等待着中情局的C+飞船。一艘很有可能永远都不会来的飞船。到了那个时候,该怎么办呢? 查克如此决定:我就坐在这儿等着下一件事发生,等着汉特曼组织派来的下一个打手。之后,我的人生就会像用茶勺一勺勺称量那样,一眼望得到尽头。[①]

这等待的时间可真漫长。

---

① 此处引了艾略特的诗《J.阿尔弗瑞德·普鲁弗洛克的情歌》,原句为 I have measured out my life with coffee spoons,意为"我已用茶勺量过了我的人生"。

10

　　加布里埃尔·贝恩斯微一躬身，说："我们组成了代表这个世界最高权威的议会，在这里做出至高的决议，没有其他任何人可以推翻。"他冷淡而礼貌地拉开一把椅子，请地球心理学家玛丽·里特斯多夫博士就座。她微微一笑，坐下了。在贝恩斯看来，她显得有些疲惫。那笑容中带着真诚的感激之情。

　　其他议会代表分别以各自的表达方式向里特斯多夫博士做了自我介绍。

　　"霍华德·斯特劳，曼斯人。"

　　"雅——雅各布·西米恩。"西米恩抑制不住傻乎乎的笑容，"来自希布家族，就是你们飞船着陆的地方。"

　　"安妮特·戈丁，波利家族。"安妮特目光警惕，腰板挺得笔直，观察着这位不请自来的女心理学家。

"英格丽德·希伯勒。一,二,三。奥布考姆家族。"

里特斯多夫博士说:"也就是——"她点点头,"哦,当然啦。强迫症。"

"欧玛·戴亚蒙德,你猜猜我是哪个家族的吧。"戴亚蒙德举目远眺,似乎又缩进自己的世界里了,这让加布里埃尔·贝恩斯十分恼火。这可不是分头活动的时候,就算是通灵活动也不行。他们必须齐心协力,共同合作,不然就徒劳无功。

戴普家的人用空洞绝望的声音说:"迪诺·沃特斯。"他挣扎着想继续往下说,但还是放弃了。毫无希望的悲观压得他喘不过气。他再次垂下目光望着地板,模样凄惨,不自觉地揉着额头。

"你已经知道我是谁了,里特斯多夫博士。"贝恩斯说,抖了抖面前的文件。那是所有议会成员共同写就的联合宣言。"感谢你今日前来!"他说,清了清嗓子。他的声音因紧张而有些嘶哑。

"谢谢你们让我来到这里。"里特斯多夫博士郑重地说,但在贝恩斯听起来语带威胁。她的眼中并无光泽。

贝恩斯说:"你们发出申请,想去参观甘地镇以外的领地,特别是想考察达·芬奇高地。经过讨论,我们决定对此申请予以拒绝。"

里特斯多夫博士点了点头,说:"我知道了。"

"告诉她理由。"霍华德·斯特劳开了口。他的脸都扭曲了。他始终盯着地球来的女心理学家,目光没有一刻离开过她。他对她的恨意充斥了整间屋子，让室内的气氛都阴沉起来。加布里埃尔·贝恩斯甚至觉得快要窒息了。

里特斯多夫博士举起手，说："等一下，先别忙着朗读联合宣言。"她依次从每个人脸上看过去，那目光是一种缓慢坚定、完全从专业角度出发的凝视。霍华德·斯特劳以满是恶意的目光回敬她。雅各布·西米恩低下头，露出空洞的微笑，任由她的注意力从自己身上扫过。安妮特·戈丁紧张地抓挠指甲根部的皮肤，脸色苍白。戴普人根本没注意到有人在观察他，一直低着头。斯基茨人欧玛·戴亚蒙德以愉快而庄严的目光回视里特斯多夫博士的脸，但贝恩斯觉得他其实也很紧张。戴亚蒙德看起来似乎随时可能逃跑。

至于他自己，他觉得玛丽·里特斯多夫博士是一位很诱人的女性。他漫不经心地想着，不知道她孤身前来，没和丈夫一道，是否有什么缘由。她很性感。考虑到这场会面的目的，里特斯多夫博士的着装过于凸显女性特质，有些不合时宜：身着黑色的毛衣和短裙，没穿长袜，穿着脚尖处如小精灵般向上翘的镀金拖鞋。贝恩斯注意到，她的毛衣稍微紧了那么一点点。里特斯多夫太太是故意的吗？他无法判断，但反正他已经走神了，注意力从她的发言转移到了她饱满的胸部上。必须承认，它们不大，但很挺拔，很对贝恩斯的胃口。

他估计里特斯多夫博士大概三十岁出头,正处于活力和适婚性的最高峰。贝恩斯心想,不知道这个女人到这里来,是否在追求事业成功以外还另有所图呢?他有种强烈的感觉:驱动里特斯多夫博士的除了任务,还有个人动机。也许她对此并不自知。贝恩斯心想,一个人的身体会自行其道,有时会与头脑的目的相冲。早上起床的时候,里特斯多夫博士也许只是单纯地觉得,今天穿这件黑色毛衣好了,并未细想下去。但她的身体,包括里面成熟的女性器官,都知道理由不仅如此。

贝恩斯体内与之相对的系统也起了反应。但他和里特斯多夫博士不同,他对此是有意识的。他心想,也许这一点可以帮到我们。这种层面上的交往对我们而言未必会引起麻烦,但对敌人来说就一定会。他这么想着,整个人摆出了不自然的戒备姿势。他心里自动出现了许多计划,既为了保护他自己,也为了保护周围的同僚。

"里特斯多夫博士,"他态度自然地说,"在我们允许你们进入其他领地之前,我们几个家族的代表小队必须检查你们的飞船,看看你们是否携带了武器,携带了哪些武器。否则就没有任何讨论的余地。"

"我们没有任何武器。"里特斯多夫博士说。

"即便如此。"加布里埃尔·贝恩斯说,"我建议,请让我和这里的另外一个人,陪你一起返回基地。我手头的这份宣言——"他挥了挥文件,"要求你们的飞船在地球时间四十八小时之内离开甘地镇。如果你们不照做——"他望向斯特劳,后者点了点头。"我们就会将你们视为不请自来、饱含恶意的入侵者,展开军事行动。"

里特斯多夫博士用压抑的低声说:"我明白你们为何会如此理解。你们在这里已经与世隔绝地生活了很久。但——"她是对着贝恩斯在说话,充满智慧的美眸目标明确地直视着他,"请原谅我,但我必须讲一个你们不会喜欢听到的事实。你们每一个人,无论是个体还是群体,都患有精神疾病。"

一阵气氛紧张的漫长沉默。

"去他的!"斯特劳自顾自地说,"好几年前,我们就把那东西炸上天了。那地方名义上叫'医院',"他扭起嘴唇,"实际上是关押奴隶劳工的集中营。"

"很抱歉这么说,"里特斯多夫博士说,"但你们错了。那是家合法的正式医院。无论你们最后做出什么决议,都必须把我说的话纳入考虑范围。我没有说谎,这就是真相。"

"'何为真相?'[①]"贝恩斯喃喃道。

"你说什么?"里特斯多夫博士说。

---

① 原文为 Quid est veritas, 拉丁文谚语。

贝恩斯重复了一遍："'何为真相?'你是否想过,博士,在过去这十年里,我们解决了集体适应的问题,能够——"他挥了挥手,"正常生活了? 无论你怎么形容它……反正,我们已经有能力拥有正常的人际关系,正如你此刻在这间会议室里看到的这样。既然我们能够合作,我们就不是病人。除了这种团队合作能力,你没有其他标准可以用来衡量我们。"他靠回椅背上,自我感觉十分良好。

里特斯多夫博士谨慎地说:"我承认,你们确实有能力,但这是在面临共同敌人的情况下……这个共同敌人就是我们。但是,我打赌,在我们到来之前,以及在我们离开之后,你们又会变回一盘散沙,作为孤立的个体陷入猜忌和恐慌,无法达成合作。"她露出诚恳的笑容试图打消众人的顾虑,但在贝恩斯眼里,那笑容意味深长,像在用力强调她所说的话,反而让他无法接受。

因为她说得对,她准确地抓住了问题的核心。一般情况下,他们无法通力合作;但是,她同时也说错了。

这是她的判断失误:她以为恐惧和敌意源自议会内部,也许这是自我正当化的一种自保手段。但事实上,首先表现出威胁性的是地球,他们的飞船在这里着陆,这件事本身就是一种敌对行为……如果他们没有这种意思,那他们就该先来寻求许可才对。是这些地球人自己招致了双方的不信任,此刻的互相猜忌完全是他们的责任。如果他们愿意事先沟通,完全可以避免如今的局面。

"里特斯多夫博士,"他直截了当地说,"阿尔法星系的商人都会与我们取得联系,寻求着陆许可。我们注意到,你们并没有这么做。我们和商船打交道一直都很顺利,会定期与他们做交易。"

他的攻击显然起了效果。里特斯多夫博士犹豫片刻,没能立即给出答案。她思考的时候,房间里充盈着笑意、蔑视,还有来自霍华德·斯特劳的冰冷仇恨。

"我们以为,"最后里特斯多夫博士说道,"如果我们正式提出着陆申请,你们也会拒绝。"

贝恩斯微微一笑,感到一切尽在掌握,"但你们连试都没有试一下。你们只是'以为'。当然,现在我们是没有办法知道了,因为——"

"你们会允许我们着陆吗?"里特斯多夫博士打断了他,声音坚定而具有权威,一击打碎了他未说完的话。贝恩斯眨了眨眼,猝不及防地停顿下来。"不,你们不会。"她继续说,"你们每个人都心知肚明。让我们现实点吧。"

"如果你们出现在达·芬奇高地,"霍华德·斯特劳说,"我们会杀了你们。还有,如果你们拒绝离开,我们也会杀了你们。下一艘企图登陆的船休想碰到地面。这是我们的世界，只要我们还活着，它就会一直是我们的。贝恩斯先生可以为你讲述，你们一开始是怎么关押我们的。细节都在我们的联合宣言里，那是在他和我，以及在座的其他人合作下，共同写就的。把宣言念给她听，贝恩斯先生。"

"二十五年前，"加布里埃尔·贝恩斯念了起来，"殖民地在这颗星球上建立起来——"

里特斯多夫博士叹了口气，"我们了解你们所患精神疾病的各种类型——"

"'罪行'？"霍华德·斯特劳打断了她，"你说'罪行'？"他的脸因暴怒而涨起了斑点。他从椅子上半站起来。

"我说的是'类型'。"里特斯多夫博士耐心地说，"我们了解你们的疾病类型，因此也判断出，你们的军事中心在曼斯家族领地，也就是躁郁症患者的领地。从现在开始的四个小时后，我们会离开甘地镇，也就是青春型精神分裂患者的领地。我们将前往达·芬奇高地。如果你们要与我们开战，地球的线列级军队也会加入。"她又补充，"他们正在离这里大概半小时路程的地方待命。"

房间里再次出现了紧绷的漫长沉默。

最后安妮特·戈丁开了口，声音小到几乎听不清，"还是把我们的联合宣言念完吧,加布里埃尔。"

贝恩斯点点头,继续念了下去,但他的声音一直在颤抖。

安妮特·戈丁突然声音凄楚地哭了起来,打断了他的朗读,"你应该知道,等待着我们的命运是什么。他们会把我们当成病人,重新关回医院里。一切都完了。"

里特斯多夫博士不自在地说:"我们会提供治疗。这样你们和别人相处时就能够——嗯,更放松、更自如一些。生活也会更愉快、更自然,没有了现在的压力和恐惧……"

"嗯。"雅各布·西米恩喃喃道,"令人恐惧的是地球会攻打过来,把我们像动物一样关到笼子里。"

四个小时,加布里埃尔·贝恩斯心想。近在咫尺。他继续抖着声音朗读共同宣言。

尽管他也觉得这毫无意义。因为,他心想,没有任何东西能救得了我们。

等会谈结束,里特斯多夫博士离开了,加布里埃尔·贝恩斯向同僚们坦白了自己的计划。

"你再说一遍?"霍华德·斯特劳带着轻蔑和讥嘲反问道,整张脸扭曲成一团,看起来都有些不像他了,"你说你要勾引她?老天爷,也许她说的是真的,也许我们是该被人关到精神病院里去!"他重新坐好,一脸阴郁地呼呼喘气。他的厌恶感实在过于强烈了。他简直没法再骂下去,只好等着其他人开口。

"看来你自视甚高啊。"安妮特·戈丁终于开口。

"我需要一个有足够读心能力的人,"加布里埃尔说,"来告诉我我想的对不对。"他转向雅各布·西米恩,"那个希布族圣人,伊格纳兹·勒德伯,应该会一点读心吧?他是灵能方面的万金油。"

"就我所知,他不会。"西米恩说,"但你也许可以找萨拉·阿波斯托斯试试。"他冲加布里埃尔眨了眨眼,快乐地摇头晃脑。

"我给甘地镇打个电话。"加布里埃尔·贝恩斯说,拿起电话。

西米恩说:"甘地镇的电话线又断了,已经六天了。你只能自己过去一趟了。"

"无论如何你都得去。"迪诺·沃特斯说,终于从无止无尽的抑郁状态里出来了。他似乎是唯一一个多少赞成贝恩斯计划的人,"毕竟他就在甘地镇,那里万事皆有可能,谁跟谁都生过孩子。说不定,在甘地镇的里特斯多夫博士也有那个心情了。"

霍华德·斯特劳嘟哝了一声表示赞同,"你运气很好啊,加布。她待的是希布人的地盘,见到你应该更加欢迎才对。"

"如果这就是我们唯一表现自我的方式,"希伯勒小姐语气生硬地说,"我看我们毁灭也是活该。真的。"

"宇宙有无限种自我实现的方式。"欧玛·戴亚蒙德指出,"不该随随便便就蔑视任何一种。"他严肃地点点头。

加布里埃尔·贝恩斯没再说一句话,甚至没和安妮特告别,就大步走出会议室,走下宽大的石阶出了楼,来到停车场。他坐上自己的涡轮驱动汽车,以一小时仅仅七十五英里的速度开往甘地镇。根据他的计算,只要没有什么东西塌陷挡路,他就能够在四个小时的时限到来前抵达。里特斯多夫博士是坐火箭快艇回去的,她现在已经到了。贝恩斯咒骂起自己唯一能利用的古老交通工具,但事实如此:这就是他们的世界,他们为之争取的现实。如果这里成了隶属于地球文化的一颗卫星,他们会重新享有现代交通工具……但这实在无法弥补他们即将失去的东西。最好还是保持自由之身,以七十五英里①的时速前进。啊,他心想。这可以用来当作口号。

但这句话稍微有点让人恼火。他的任务太重要了,容不得这样开玩笑……不管这行动是否经过了议会的准许。

四小时二十分钟之后,贝恩斯抵达了甘地镇满地垃圾的郊区边缘。他因长时间坐车而身体疲惫,但头脑警觉而兴奋。他闻到了甘地镇的气味:腐烂的甜味与无数小型火堆的刺鼻恶臭混合在一起。

---

① 1英里约为1.6千米。

在路上，贝恩斯想出了一个新计划。所以，在这个时间紧急的最后时刻，他没有去找萨拉·阿波斯托斯，而是去了伊格纳兹·勒德伯的窝棚。

勒德伯在自家院子里摆弄一台老旧生锈的汽油发电机，猫群和小孩们都聚集在他身边。

"我感知到你的计划了。"勒德伯说，抬起手表示加布里埃尔·贝恩斯不必解释，"不久之前，有血迹把它勾勒在地平线上了。"

"那你应该很清楚，我要问你要什么了。"

"嗯。"勒德伯点点头，"我以前和好几位女人用过，都成功了。"他放下手中的锤子，慢悠悠地走向窝棚。猫群跟在他脚边，但孩子们都没动。加布里埃尔·贝恩斯紧随其后。"不过，你感知得可真具体。"勒德伯有些责备地说，随即吃吃地笑了起来。

"你能看见未来吗？能告诉我成功了吗？"

"我不是预言者。其他人也许会告诉你，但我只能保持沉默。稍等一下。"进了窝棚，勒德伯在一间较大的屋子里驻足片刻。猫群在他们周围喵喵叫着上蹿下跳。勒德伯把手伸到水池下面，拿出一个装着黑色液体的罐子。他拧开盖子闻了闻，摇了摇头，又把罐子盖好放了回去。"不是这个。"他走开了，最后打开冰箱翻找一会儿，拿出一只塑料盒，紧锁眉头左右检视。

他事实婚姻的妻子从卧室里出来了，加布里埃尔·贝恩斯不知道她叫什么。她神色呆滞地看了他们两人一眼，继续走她的路。她穿着一条麻袋似的裙子，光脚穿着网球鞋，头发脏兮兮地胡乱堆在头顶和脑后。加布里埃尔·贝恩斯阴沉而厌恶地转开了目光。

"哎，"勒德伯对女人说，"那个罐子放哪儿了？就是我们每次用的那个——"他做了个手势。

"浴室里。"女人啪嗒啪嗒地走出了门。

勒德伯消失在浴室里，随即传来杯子和瓶子移动的杂音。最后他拿了个装满液体的杯子回来了，里面的液体随着他走路的动作撞击着杯壁。"就是这个。"勒德伯说，露出缺了两颗牙的笑容，"但你得想办法让她喝下去。你打算怎么办？"

现在加布里埃尔·贝恩斯还不知道。"到时候再说。"他伸出手接过了那杯催情剂。

离开勒德伯后，贝恩斯开车去了甘地镇唯一的购物中心。这座圆顶木建筑的油漆已经剥落，表面坑坑洼洼的，罐头四处堆成了山，硬纸板在入口处和停车场上丢得到处都是。阿尔法星系的商船将大批的残次品运到这里，实际上和丢垃圾没什么太大区别。

贝恩斯在这里买了瓶阿尔法星产的白兰地，然后在车里打开酒瓶，倒出一部分酒腾出空间，再倒入一些希布圣人给他的带着沉淀物的暗色催情剂。两种液体勉强地混在了一起。贝恩斯满意地重新盖好瓶盖，发动汽车继续前行。

他心想，这回不能光指着自己的天赋发挥作用。正如议会其他成员指出的那样，他并不太擅长这方面的事情。而要想继续存活下去，他就必须完美地完成任务。

他没费多少力气就远远望见了地球飞船。它悬停在甘地镇上方的高空，通体闪亮，金属表面显得一尘不染。贝恩斯立即将车头转向了飞船的方向。

在离飞船还有几百英尺的地方，一个佩带武器的地球士兵拦住了他。士兵穿着上次战争中常见的灰绿色制服。贝恩斯还注意到，不远处有重型枪械的枪口从门洞里探出，对准了自己。"请出示身份证件。"士兵说，警惕地打量他。

加布里埃尔·贝恩斯说："请你转告里特斯多夫博士，最高议会派来了全权代表，想提出最后一次议案，以避免双方的流血冲突。"他绷紧身体，腰板笔直地坐在方向盘后面，双眼直视前方。

士兵用对讲机请示了上级，"你可以进去了，先生。"

到了飞船舱门延伸出的梯子底部，另一名同样全副武装的地球人迎接了贝恩斯，带他走上舷梯，进了飞船。很快，他就走在飞船内部的通道里,寻找32-H号房间。周围封闭式的墙壁让他不安。他渴望尽早出去,呼吸新鲜空气。但他已经无法回头了。贝恩斯找到了正确的房间,犹豫片刻敲了门。酒瓶在他腋下发出汩汩的液体流动声。

门开了,里特斯多夫博士仍然穿着那件稍微有些过紧的黑毛衣、黑短裙和小精灵般的翘趾凉鞋。她有些迟疑地看着贝恩斯,"呃,你是——"

"贝恩斯。"

"啊。佩尔人。"她自言自语道,"妄想型精神分裂症。哦,真是抱歉。"她的脸红了,"我没有其他意思。"

"我来是为了和你喝上一杯,"加布里埃尔·贝恩斯说,"以表庆祝。不介意吧?"他从她身边经过,走进了矮小的舱室。

"庆祝什么?"

贝恩斯耸耸肩。"难道还不够明显吗?"他在声音里加上了程度恰到好处的恼怒。

"你们打算投降了?"她尖锐的语气极具穿透力。她关上门,向他走近了一步。

"拿两个杯子出来吧。"贝恩斯故意用无可奈何的低声说,"好吗,博士?"他从纸袋中拿出混有外星添加剂的阿尔法星白兰地,拧开了瓶盖。

"我认为,你们无疑做出了正确的选择。"里特斯多夫博士说。她四处寻找起玻璃杯,双眼闪闪发光,整个人显得美极了,"这是个好兆头,贝恩斯先生。真的。"

加布里埃尔·贝恩斯仍然一副战败者的模样,表情沉痛地将两只酒杯斟满。

"这么说,我们可以在达·芬奇高地降落了?"里特斯多夫博士说,拿起杯子呷了一口。

"当然。"贝恩斯无精打采地回应,也喝了一口。那液体的味道糟糕透顶。

"我这就通知我们队伍中的安保负责人,"里特斯多夫博士说,"梅吉布姆先生,以确保——"她突然没了声音。

"怎么了?"

"我刚才有种特别奇怪——"里特斯多夫博士皱起眉头,"有种躁动感,在我体内。要不是我知道不可能——"她的表情有些尴尬,"别在意,贝——恩斯先生,对吧?"她迅速地喝了几口酒,"我突然觉得特别紧张。我想我是有点担心,毕竟我们不想……"她的声音再次变小,消失了。她走到舱室一角,在椅子上坐下了。"你在酒里下了药。"她站起身,摔碎了手里的酒杯,随即快步走向对面墙上的红色按钮。

她经过贝恩斯身边时,他抓住了她的手腕。阿尔法三号 M2

卫星家族议会的全权代表出手了。无论结果如何,他们挣扎求生的计划已经启动。

里特斯多夫博士咬上他的耳朵,差点把耳垂咬下来。

"嘿。"贝恩斯有气无力地说。

然后他说:"你要干吗?"

接着他又说:"勒德伯的药水真有效。"

他补充道:"但凡事都有限度。"

过了一段时间,他喘着气说:"至少理论上是有限度的。"

有人敲门。

里特斯多夫博士微微撑起上身,喊道:"走开!"

"我是梅吉布姆。"一个男性声音说,隔着门有些模糊不清。

里特斯多夫博士立刻跳起身来,从贝恩斯身上撤开,跑过去锁上了门。下一秒,她表情狂野地猛然转回身来,向着贝恩斯纵身一跃——在他看来,她仿佛是在跳水。他闭上眼睛,准备迎接冲击。

但这样是否能满足他们在政治上的需求?

他将她按在地板上,就在她乱扔成一堆的衣服右侧,咬着牙说:"听着,里特斯多夫博士——"

"叫我玛丽。"这次她咬上了他的嘴唇,牙齿以惊人的力量咬合在一起。贝恩斯疼得脸都扭曲了,不由自主地闭上了眼。这是一个根本性的失误。在这一瞬间,他的身体有所倾斜。下一秒,他不知怎么就变成了被压在地上的那一方——里特斯多夫博士用坚硬的膝盖顶住他的下腹,双手抓住他耳朵上方的头发使劲往上提,仿佛想把他的头从身体上拽下来。除此之外——

他忍不住微弱地叫出了声:"救命!"

但门外的人显然已经走了,外面毫无动静。

贝恩斯瞄到墙上玛丽·里特斯多夫博士原本想要按下的红色按钮——毫无疑问,现在的她即使再过一百万年也不会去按了,他开始一点一点艰难地朝按钮的方向挪动。

但他没能成功。

随后,他沮丧地想道:最讨厌的是,这根本没有在政治上帮上议会的忙。

"里特斯多夫博士,"他气喘吁吁地从牙根里挤出声音,"理智点吧,看在老天的分上,我们谈谈好吗? 拜托了。"

这次她咬上了他的鼻尖,贝恩斯感觉到她尖利的牙齿闭合在一起。她哈哈大笑起来,那笑声悠长,激起了回音,让贝恩斯心底发冷。

又过了一段感觉上漫无止境的时间,两人谁也没能说出话来。贝恩斯心想:要我命的恐怕是她的啃咬,她会把我活活咬死,而我对此无能为力。他觉得自己仿佛唤醒并遇到了宇宙的性欲之力。这是种非常狂暴但又无穷的力量,将他钉在地毯上动弹不得,根本没有可能逃离。如果能有人闯进来就好了,比如那几个带武器的警卫——

"你知道吗?"玛丽·里特斯多夫湿热的气息喷在他脖子上,"你是这世界上最英俊的男人。"她稍稍往后撤开了一些,跪坐着调整姿势。贝恩斯抓住机会,就地一滚,手脚并用地扑向墙上的按钮,慌乱地摸索着想按下去,叫随便什么人来,不管是不是地球人。

玛丽·里特斯多夫喘着气抓住了他的脚踝,贝恩斯跌倒在地,一头撞上了金属柜,忍不住呻吟出声,代表战败和毁灭的黑暗逐渐蔓延过他的全身——他这辈子从来没有为这样的毁灭做过任何准备。

玛丽·里特斯多夫大笑一声,将他翻转过来,再次扑到他身上,赤裸的膝盖压住他的腹部,乳房在他脸上摇晃。她用双手抓住他的手腕,将他整个人按平在地。显然,她根本不在乎贝恩斯是醒着还是晕过去。贝恩斯这么想着,眼前的黑暗越来越浓。他脑海里飘过最后一丝思绪,最后一点决心:他迟早会让希布圣人伊格纳兹·勒德伯为此付出代价。即使那是他这辈子能做的最后一件事。

"哦,你真可爱。"玛丽·里特斯多夫的声音在离他左耳不到四分之一寸的地方响起,震得他耳聋,"我简直可以吃了你。"她从头到脚都战栗起来,贝恩斯感到了一阵如暴风雨般撼天动地的颤动。

他晕过去之前浮现出一种不好的预感:里特斯多夫博士恐怕才刚刚开始。而这并不完全是勒德伯药水的功效,因为药水可没让他也变成这样。加布里埃尔·贝恩斯和希布圣人的药水一起,只不过是让玛丽·里特斯多夫博士体内原本就已存在的东西有机会表现出来罢了。如果这种组合只是所谓的催情药,他不会这么倒霉。只怕它比起催情药来说更接近送命药。

他始终没有彻底失去意识。因此,过了很久之后,他意识到,他被迫参与的活动正在逐渐变得和缓下来。人工制造出的飓风消退了,阵阵平静终于降临在世界上。之后,在不知道什么力量的作用下,他从玛丽·里特斯多夫博士舱房的地板上挪到了另一个地方。

真希望我已经死了,他心想。缓冲期显然已经走到了尽头。地球的最后通牒就要生效,而他没能改变局面。他在哪儿?贝恩斯小心翼翼地睁开了眼睛。

周围一片漆黑。他躺在户外的星空下,四周是希布人领地甘地镇的垃圾堆。他慌乱地左顾右盼,但无论在哪个方向上都不见地球飞船的踪影。它显然已经飞走,飞到达·芬奇高地去了。

贝恩斯发着抖,颤巍巍地坐了起来。看在所有种族神灵的分上,他的衣服去哪儿了?玛丽·里特斯多夫根本没费心把衣服给他留下吗?没必要以这种方式画上终止符吧……他重新躺下,闭上眼睛,在心里发出哀鸣般的咒骂。他,最高议会的佩尔族代表,居然落得这样的下场。太过分了,他苦涩地想。

右侧传来的噪声吸引了他的注意力。贝恩斯再次睁开眼睛,眯着眼提防地望过去。某种早已停产的古董车正突突地向他驶来。现在他的眼睛适应了黑暗,分辨出周围是一片小树林。是啊,他心想,把我扔在林子里。玛丽·里特斯多夫把他变成了一只大难临头的鸟。为此,他有些恨她,但对她的恐惧仍然占了上风。向他驶来的是辆再普通不过的希布族内燃机汽车,贝恩斯能看清车头上黄色的灯。

他爬起身,挥手拦车。他正身处于甘地镇郊区,站在希布族修建的昏暗小路中间。

“怎么啦?”开车的希布人用拖长的幼稚声音问道。他退化得十分厉害,几乎已经没了谨慎的概念。贝恩斯走到车门边,说:“我——被人袭击了。”

“哦?那可真糟糕。把你衣服也拿走了?上车吧。”希布人敲打身后的车门,直到它吱吱嘎嘎地打开,“跟我回家吧,给你找点衣服。”

贝恩斯阴沉地说："还是带我去伊格纳兹·勒德伯的窝棚吧。我有话要跟他说。"但是,既然这一切都是原本就深深埋藏在那个女人体内的东西,他又怎么能怪罪希布圣人呢? 没人能想到这样的结果,而且如果在普通女人身上也是这种药效,勒德伯肯定早就不用了。

"伊格纳兹·勒德伯是谁?"开车的希布人问道,重新发动了汽车。

甘地镇居民之间就是这么缺乏交流。贝恩斯意识到,这是种症状,相当程度上说明了玛丽·里特斯多夫对他们的判断是正确的。但他还是振作起精神,尽量准确地描述了希布圣人窝棚的位置。

"哦哦,"开车的人说,"养了一堆猫的那个人。前两天我刚压死了一只。"他吃吃地笑了起来。贝恩斯闭上眼睛,哀叹一声。

很快,他们就在希布圣人灯光昏暗的窝棚前停下了。开车人用拳头将车门砸开,贝恩斯动作僵硬地下了车。他全身关节都在疼,身上还有无数玛丽·里特斯多夫在激情中咬出的伤口,疼痛感让人无法忍受。在车灯左右亮度不等的黄色光芒下,他艰难地走过堆满垃圾的院子,找到窝棚的门,把不知道多少只挡路的猫赶到一边,敲了敲门。

见到他的样子,伊格纳兹·勒德伯笑得前仰后合,"想必是一场酣战,你身上到处都在流血。我给你找点衣服,艾尔西应该有药膏什么的,处理一下你这堆不知道是被咬的还是什么的伤……她简直像是用指甲钳把你的身体剪成了个遍。"他呵呵笑着走到了窝棚后面。贝恩斯站在燃油加热器旁取暖,一群脏兮兮的小孩直勾勾地盯着他,他只当没看见。

勒德伯事实婚姻的妻子往贝恩斯错落在口鼻眼周围的伤口上抹了药膏,勒德伯也拿出了有些破旧,但相对而言还算干净的衣服。贝恩斯说:"我知道她是个什么样的人了。她有口腔施虐症,所以事情才搞成这样。"他心情沉重地想:玛丽·里特斯多夫病得和阿尔法三号 M2 卫星上的人一样重,说不定还更重些,只是她的症状始终潜伏在表面之下。

勒德伯说:"地球飞船走了。"

"我知道。"贝恩斯开始穿衣服。

"一个小时前,我又有了感知。又来了一艘地球飞船。"

"是战舰吧,"贝恩斯猜道,"来攻打达·芬奇高地的。"他心想,不知道他们是否会以精神治疗的名义,往曼斯家族领地投下氢弹。

"根据远古力量在我灵力场中显现出的图像,这是艘很小、很快的追逐舰。"勒德伯说,"像只蜜蜂。它已经降落,在波利家族领地哈姆雷特·哈姆雷特附近着陆了。"

贝恩斯立即想到了安妮特·戈丁。他向上天祈祷,希望她平安无事。"你这儿有车吗? 能让我开回阿道夫城的?"他自己的车应该还停在地球飞船原本停留的地方。去他的,他完全可以步行过去。还是不要直接开回自己的领地了,贝恩斯如此决定。他要先去哈姆雷特·哈姆雷特,确保安妮特没被人强奸、殴打或用激光枪扫射。万一她受到了伤害——

"我让他们失望了。"他对勒德伯说,"我说我自有主意——他们当然就依赖我了,因为我是佩尔人。"但他还没有放弃。他的佩尔头脑里充满了各种活灵活现的计划。他会一直这样,甚至直到死后埋入坟墓,脑子里都还在盘算如何击退敌人。

"你应该吃点东西。"勒德伯的女人建议道,"然后再走。还剩下点腰子汤,我本来要喂猫的,你可以拿去吃。"

"谢谢。"贝恩斯说,忍住作呕的冲动。希布族的食物实在让人没有胃口。但她说得对,他必须恢复一些体力,否则一定会在半路上暴毙。考虑到之前发生的一切,他现在还活着就已经足够惊人的了。

贝恩斯吃了点东西,管勒德伯借了只手电筒,感谢他提供的衣服、药膏和食物,随即步行上路,在甘地镇满地垃圾的曲折窄巷中穿行。幸运的是,他的车还在原地。希布人和地球人都没有把它运走、割成碎片或碾成铁片。

贝恩斯坐进车里,从甘地镇东边的路出发,前往哈姆雷特·哈姆雷特。他再次以可悲的每小时七十五英里的速度穿越了领地间荒凉开阔的大地。

他心里弥漫着一股急躁的迫切感,他以前从来没有过这样的感觉。达·芬奇高地已经被大举入侵,甚至可能已经沦陷。还剩下什么呢?如果没有曼斯家族的惊人能量,他们剩下的人又该如何存活?那艘孤零零的小型地球飞船能带来什么……也许是一丝希望?至少,它是个出其不意的不速之客。而在所有能预想到的情况里,他们都毫无胜算,结局早已注定。

他既不是斯基茨人,也不是希布人。然而,他也有一种微弱的感知能力。他感知的是出乎意料的万一,是几乎被不可能淹没的那一丝可能。尽管之前的计划失败了,他仍然相信事情还没结束,他相信那艘小型飞船。而他甚至都不清楚,自己为什么会这样想。

11

在阿道夫城议会会议结束后,地球的最后通牒期限已过,敌军已开始攻打达·芬奇高地。安妮特·戈丁走在回家的路上,思考起自杀的可能性。对方的攻势实在过于猛烈,就连曼斯家族也难以抵挡。地球击败过整个阿尔法星系帝国,他们怎么可能有还手之力呢?

败局已定。安妮特整个身体都感觉到了这一点,她已准备束手就擒。我和迪诺·沃特斯并无不同,她心想。她死死地盯着前方。在阿道夫城与哈姆雷特·哈姆雷特之间的昏暗小路上,车灯照得前方如塑料缎带般惨白。手里的筹码都押上了桌,我却不想战斗,宁可坐以待毙。没人逼我投降,只是我自己想这么做。

意识到自己的这一特质,她的眼中涌出了泪水。我应该很羡慕曼斯人吧,她想道。我崇拜他们,因为我无法成为那样的人,无法变得严厉、冷漠、不屈不挠。作为一个波利人,在理论上,我应该可以想变成哪样就变成哪样。可实际上——

就在这时,她突然看见右边的夜空中划过一道制动火箭的尾气轨迹。一艘飞船正在离哈姆雷特·哈姆雷特很近的地方降落。如果她在这条道路上继续走下去,她就能看见那艘飞船了。她心中涌起了波利人典型的情绪:两种完全相反的感情以同等比例混合在一起。恐惧令她畏缩起来,但混合着急切、期待与激动的好奇心促使她加快了行车速度。

然而,还没赶上那艘飞船,她的恐惧又占了上风。她将汽车减速后停到辅路的土地上,熄了火。汽车悄无声息地停住了。安妮特关上车灯,坐在车里听着四周夜晚的声响,不知道该怎么办。

她在这里可以隐约地看见那艘飞船,附近偶尔有灯光闪过。有人在活动。可能是地球士兵准备入侵哈姆雷特·哈姆雷特。然而,她没有听见任何声音。飞船不大,她身上当然也带了武器。每个议会成员都必须随身携带武器,尽管希布代表总是忘了带枪。安妮特把手伸进储物箱,拿出了老式铅弹手枪。她从来没用过它,想到可能要开枪都觉得难以置信。但她恐怕没有选择。

安妮特蹑手蹑脚地穿过灌木丛,回过神时突然发现已经来到了飞船边,不禁吓了一跳,后退两步。随即有灯光一闪,飞船旁的活动仍在继续。

一个男人正聚精会神地用铁锹挖坑。他满脸是汗,全神贯注。他突然快步走进了飞船。

重新出现时,他手里多了个小箱子。他把箱子放到了之前挖的坑旁边,手电照进了箱子里。安妮特·戈丁望见里面是五只西柚模样的圆球,看起来表面潮湿,还在阵阵鼓动,仿佛是种生物。安妮特认出了它们,那是木卫三黏菌的新生组织。她曾经在教育录像带上见过它们的照片。男人显然正将它们埋到土里,这样它们会飞速生长。然而,它们目前所处的这段生命周期过得飞快。男人加快了速度。圆球恐怕会死。

安妮特开了口,自己也吃了一惊,"你这样来不及把它们都埋进去。"有一只圆球已经开始变黑,在两人眼前萎缩。"听着。"安妮特靠近了继续挥舞小铁锹的男人,"我来帮它们保持湿润吧,有水吗?"她在男人身边弯下腰,等着他回答,"它们这样会死的。"男人显然也明白这一点。

他不客气地说:"船上有。拿个大点的容器。水龙头很好找,有标记。"他一把抓起正在萎缩的圆球,动作轻柔地把它放进坑里,开始用手掰碎泥土,洒在圆球上把它埋起来。

安妮特进了飞船,找到了水龙头和一只碗。

　　她端着水回到船外，浇灌着几只迅速衰弱的圆球，心想：真菌就是这样，出生、成长、死亡，都这么快。也许它们才是幸运的一方，没有时间浪费在吹嘘炫耀上。

　　"谢了。"男人说，拿起第二颗已被淋湿的圆球，开始将它埋到地下，"我没奢望能把它们全都救活。孢子在我来的路上发了芽——我只有用来装微型孢子的罐子，根本就没地方放发芽后的植物。"他抬头瞥了安妮特一眼，继续挖土，扩大坑的面积。"戈丁小姐。"他说。

　　安妮特蹲在装着圆球的纸箱旁，说："你怎么知道我是谁？我从来没见过你。"

　　"我是第二次来这里了。"男人语焉不详地说。

　　第一只埋下的圆球已经开始生长。安妮特借着手电光看到，随着圆球的体积变大，它上方的土壤一阵抖动，然后不断升高，拱起了一个小土坡。这景象又奇特又滑稽，她大笑起来。"抱歉。"她对男人道歉，"你跑来跑去，把它扔进地里，结果呢，没多久它就会变得和我们一样大。然后它就会跑掉啦。"她知道，黏菌是唯一一种能够自由移动的真菌，她对它们产生兴趣正是出于这个理由。

　　"你怎么这么了解？"男人问她。

　　"有好几年时间，我都无事可做，只能找些东西来自学了。

就是在——应该叫医院吧……反正,在那个地方被夷为平地之前,我找到了一些生物学和动物学的教育录像带。据说等木卫三黏菌完全成熟之后,它们就会具备足够的智慧和我们沟通,是真的吗?"

"何止沟通。"男人又迅速地埋下一颗圆球,它在他手里如柔软的果冻般微微颤抖。

"那可太棒了!"安妮特说,"这真让人激动。"既然如此,留在这里见证眼前这一幕就是值得的。"这一切多美好啊。"她说,在纸箱后面跪坐下来,看着男人工作,"夜晚的气味,晚风,生灵发出的声音——都是些小家伙,像臀蛙和响铃蟋蟀什么的——叫个不停。然后你又种下了这些真菌,没有任由它们死掉。你是个非常善良的人,我看得出来。把你的名字告诉我吧。"

男人斜眼瞥她,"为什么?"

"因为,这样我好记住你。"

"我问到了一个人的名字,为了记住他。"男子嘟囔道。

现在只剩下一颗圆球要种了。而原先种下的第一颗圆球已经从地里钻了出来,重新暴露在空气中。安妮特看到,它已经变成了许多小圆球的集合体。"可是,"男人说,"我之所以想知道他的名字,是为了——"他没把话说完,但安妮特还是明白了他的意思。"我叫查克·里特斯多夫。"男人说。

"你和地球飞船里的心理学家里特斯多夫博士是亲戚吗？啊，你一定是她丈夫。"安妮特十分肯定，这事实昭然若揭。她想起加布里埃尔·贝恩斯的计划，抬手捂住嘴，淘气又兴奋地咯咯笑了起来。"哦,"她说，"万一让你知道了可不得了。我不能告诉你。"又一个你应该记住的名字，她心想，加布里埃尔·贝恩斯。她不禁好奇起来，不知道加布的计划进行的如何了，有没有成功拉拢里特斯多夫博士。她觉得那肯定失败了，但对加布来说，整个过程恐怕极为享受，说不定现在还在继续呢。

当然，现在里特斯多夫先生也来了，他的计划无论如何都完了。

"你上次来的时候，"安妮特问道，"叫什么名字？"

查克·里特斯多夫看了她一眼，"你觉得我改了——"

"你肯定是别人。"否则安妮特一定会记得他，认出他。

里特斯多夫沉默片刻，说："这么说吧，我上次来这里见到了你，然后回了地球，现在我又来了。"他瞪着安妮特，仿佛这都要怪她。他种好最后一个圆球，随即顺手拿起空荡荡的纸箱和小铁锹，走向飞船。

安妮特跟在他身后，说："所以这些黏菌会攻占我们的卫星吗？"她想到，这可能是地球侵略计划中的一环。但又感觉不像，这个男人的样子完全是在偷偷地单独行动。说是计划的一环，听起来太像佩尔人会说的话了，她自己都不太信。

"要那样就好了。"里特斯多夫没再多说，钻进了飞船。安妮特迟疑了一会儿，也跟着进去了，眨着眼适应顶灯耀眼的光芒。

她的铅弹手枪就摆在台面上，是之前往碗里接水时放下的。

里特斯多夫拿起手枪观察一番，随即表情古怪地望向她，几乎是在笑，"你的?"

"没错。"安妮特难为情地说，伸出手，希望他能把枪还回来。但他没动。"哦，拜托。"安妮特说，"这是我的枪，我要帮你忙才放在这儿的，这你也清楚。"

里特斯多夫看着她的脸，打量了很久，然后把枪递了回来。

"谢谢。"安妮特一阵感激，"我会记住的。"

"你打算靠那种东西拯救这颗卫星?"这下里特斯多夫露出了真正的微笑。他长得不难看，安妮特心想，只是神经紧绷，一脸忧心忡忡，皱纹也太多了。但他的眼睛很好看，是种清澈的蓝色。安妮特猜他大概三十四五岁。算不上老，只是比她大多了。他的笑容有些勉强，倒不是装出来的，怎么说呢——安妮特想了想。就是有些不自然，仿佛他很难感到快乐，哪怕只是片刻。也许他和迪诺·沃特斯一样，无法摆脱忧郁的纠缠。安妮特心生同情，如果真的是这样，那就是种可怕的疾病，比其他几种都糟得多。

她说："我并不觉得我们能救得了这颗卫星，我只想保护自己。你已经了解我们的处境了吧？我们——"

一个嘶哑的声音突然之间在她脑海中响起："里特斯多夫先生……"嘶哑的声音变小了，然后又回来了，像晶体收音管的微弱信号，"……很明智。我知道是琼恩……"声音不见了。

"看在老天的分上，怎么回事？"安妮特惊恐地说。

"是那些黏菌中的一只，我不知道是哪只。"查克·里特斯多夫看起来如释重负。他大声喊道："它继承了记忆！"他好像在对一英里以外的人说话那样拔高了声音，"它回来了！你觉得呢，戈丁小姐？说点什么啊！"他突然抓起安妮特的双手，跳舞般拉着她转了一圈，孩子似的，整个人都兴高采烈，"说点什么啊，戈丁小姐！"

"你这么开心，"安妮特老实地回答，"我也很高兴。你应该尽可能地多让自己开心一些。当然，我不清楚发生了些什么。反正——"她抽回了自己的手，"虽然不清楚发生了什么，但这都是你应得的。"

她身后有动静。安妮特回过头，看到一堆黄色的东西缓缓地爬上了舱口，起伏着越过门槛进了船舱。这就是它们成长完毕的最终形态，她想，太让人惊叹了。她后退了几步，不是因为恐惧，而是因为震撼。这个生长过程快得堪称奇迹。她记得读到过,黏菌之后会一直保持这个形态,直到因气候太冷、太热或太干燥而死去。到了生命的最后阶段,它会再次分裂出孢子,重复生命的循环。

黏菌进船后,它身后又出现了第二只黏菌,紧接着是第三只。

查克·里特斯多夫吃惊地说:"哪个是你,奔跑蛤蜊殿下?"

数个思绪同时出现在安妮特的脑海里。"我们的习俗是由老大正式继承母体的身份,但我们并没有什么实际区别。可以说,我们都是奔跑蛤蜊殿下,但也可以说我们都不是。作为老大,我会继承这个名字,其他几位会自己给自己起名。我认为,我们将留在这颗卫星上生息繁衍,这里的空气、湿度和重力都很适合我们。你帮我们开拓了活动范围,带我们越过了——让我计算一下——三光年的距离。谢谢你。"它,或者说它们,又补充道,"恐怕飞船和你本人很快就会受到攻击。你最好尽快离开这里。我们几个刚一成熟,就为此立马上船来提醒你。"

"受到谁的攻击?"查克·里特斯多夫问道。他按下仪表盘上的按钮关上舱门,在驾驶座上准备起飞。

"就我们探测到的信息,"三个黏菌的思绪一起向安妮特传来,"是一群本地居民,自称为曼斯人。他们显然已经成功炸毁了另外那艘飞船——"

"老天爷。"查克·里特斯多夫从牙关里挤出声音,"玛丽的船。"

"对。"黏菌表示同意,"正在接近的这些曼斯人在心里为自己庆祝,他们平常就非常自傲。他们很高兴能击败里特斯多夫博士。但她没死,第一艘船里的人都成功逃了出来,现在位置不明。曼斯人在四处追捕他们。"

"其他的地球战舰呢?"里特斯多夫问道。

"什么战舰? 曼斯人在他们领地周围罩上了一种新型防护罩。所以现在他们还算安全。"黏菌继续说着自己的推断,"这不是长久之计,他们也清楚。他们现在的攻势只是暂时的。但他们仍然非常享受这一切,开心极了,而地球战舰在周围转来转去,摸不着头脑。"

可怜的曼斯人,安妮特心想。只在当下打转,完全想不到之后会怎么样,只知道勇猛地往前直冲,仿佛他们还有一丝可胜之机。可是,她自己又比他们强到哪去呢? 愿意接受失败就真的高人一等吗?

难怪卫星上所有家族都这么依赖曼斯人,他们是唯一一个有勇气的家族。勇气会带来生命力。

而我们呢,安妮特心想,我们早就输了,早在第一个地球人,玛丽·里特斯多夫博士到来之前。

　　加布里埃尔·贝恩斯以每小时七十五英里的缓慢速度行驶在通往哈姆雷特·哈姆雷特的道路上，突然看见一艘小型飞船窜入夜空，他反应过来自己来得太迟了。他对具体发生了什么一无所知，但接近灵能的感知能力告诉他，安妮特要么在船上，要么就是被船上的人杀了。无论如何，他都不可能见到她了。贝恩斯放慢车速，感到一阵苦涩绝望。

　　这下他是真的无计可施了。还不如回到阿道夫城，回到自己的领地，和自己人在一起，度过人生最后一段悲惨时光。

　　就在他掉转车头的时候，有什么在后方隆隆作响，随即咣当咣当地超过了他，冲往哈姆雷特·哈姆雷特，简直像是只伏地爬行的怪物。它由只有曼斯人才知道如何铸造的高精锻铁铸成，耀眼的灯光横扫前方的平原，身上还挂着一面红黑相间的旗帜，那是曼斯家族的战旗。

　　显然，这是一场刚刚开始的地面反击战。可是反击谁呢？曼斯人已经参战，然而他们的敌人绝对不是哈姆雷特·哈姆雷特。也许他们是在追赶那艘已经起飞的速度极快的小型飞船。但他们和贝恩斯一样，都来得太迟了。

　　贝恩斯按了喇叭。曼斯坦克的炮塔啪地掀开了，坦克掉头向他驶来。一个他不认识的曼斯人探出身，冲他挥手致意。曼斯人激动得满脸通红,显然正全身心沉浸在这场准备已久的保卫卫星的军事行动中。眼前的情况让贝恩斯情绪低落,然而在曼斯人身上的作用却完全相反:对他来说,这是展示自己、炫耀武力的绝佳时机。加布里埃尔·贝恩斯一点也不意外。

"嘿。"坦克里的曼斯人喊道,笑得合不拢嘴。

贝恩斯尽量不带讥刺地回喊道:"我看见那艘飞船逃走了。"

"别着急。"曼斯人毫无气馁之色,伸手指向天空,"瞧着吧,兄弟。导弹这就来了。"过了一瞬间,头顶上闪过一道光,随即有无数闪亮的碎片像雨一样落了下来。加布里埃尔·贝恩斯意识到,那艘地球飞船被击毁了。曼斯人说得一点儿没错。一如既往……这是他们整个家族的特色。

贝恩斯吓坏了,因为直觉告诉他,安妮特·戈丁就在那艘船上。他说:"你们这帮可怕的野蛮人——"飞船炸毁后的主体正落向他的右侧。贝恩斯一把摔上车门,发动汽车离开了道路,在开阔的荒野上跌跌撞撞地前行。曼斯坦克也关上炮塔口跟在他身后,刺耳的轰隆声响彻夜空。

贝恩斯先抵达了飞船的残骸边。船尾弹出了一只充满气体的大圆球,应该是某种紧急迫降装置,使得飞船降落的速度多少减缓了一些。船体一半插到了土地里,尾部朝上,冒着滚滚的黑烟,看起来仿佛随时可能炸裂。这让贝恩斯更害怕了。他认为里面的原子炉很有可能已经接近临界质量,一旦超过,大家都死定了。

他跳下汽车,冲向飞船的舱门。他快到门口时,舱门猛然撞开,一个地球人摇摇晃晃地走了出来,身后跟着安妮特·戈丁,之后还有只由无数小球组成的黄色圆球。圆球极为困难地涌动着挤到舱门口,然后扑通一声落到了地上。

安妮特说:"加布,别让曼斯人杀了这个人,他是个好人,甚至对黏菌都很温柔。"

曼斯坦克轰隆隆地接近了他们。炮塔再一次掀开,之前的曼斯人又探出身来。这一次,他手里握着一把激光枪,枪口对准了地球人和安妮特。曼斯人咧嘴笑着,说:"找到你们了。"很明显,等他充分享受完这个时刻,他就会开枪把两个人都打死。曼斯人的头脑残暴得令人不可思议。

"听我说,"贝恩斯说,冲曼斯人挥手,"放了他们。这个女人是哈姆雷特·哈姆雷特的人,是我们自己人。"

"自己人?"曼斯人重复,"既然她来自哈姆雷特·哈姆雷特,那就不是自己人。"

"哦,拜托。"贝恩斯说,"你们曼斯人已经激动得连孰轻孰重都分不清了吗?在这样的危急关头,所有家族都是一个整体。把枪放下。"他慢慢地走回汽车边,始终紧盯着曼斯人。他自己的武器就在车座底下。如果能拿到武器，他会打死曼斯人，救下安妮特的命。"我会向霍华德·斯特劳举报你的。"他说，打开车门伸手摸索，"我和他是同事——我是议会里的佩尔家族代表。"他的手指握住了枪托，松开保险，举枪瞄准。

保险松开的声音在安静的夜风中格外响亮，坦克里的曼斯人迅速转身，激光枪转过来对准了加布里埃尔·贝恩斯。两人没有开口，只是一动不动地瞄准彼此，谁也没开枪。周围光线很暗，谁也看不清谁。

天知道从哪儿冒出一个声音，钻进了加布里埃尔·贝恩斯的脑海。"里特斯多夫先生，你妻子就在附近。我接收到了她的大脑信号。我建议你现在就趴下。"

地球人和安妮特·戈丁瞬间趴倒在地。坦克里的曼斯人一惊之下掉转了枪口，犹疑地望向远处的黑暗。

一束激光以几乎完美的角度掠过卧倒的地球人上方，射入了坠毁的飞船，消失在嗞嗞熔化的金属里。坦克里的曼斯人跳起身来，想找到激光的来源。他本能地握紧了自己的枪，但并没有开火。他和加布里埃尔·贝恩斯都同样不明白到底发生了什么。谁在对谁开枪？

贝恩斯对安妮特喊道："快上车！"他推开了车门。安妮特抬头望了他一眼，随即转头看向身边的地球人。两人交换了一个眼神,随即挣扎起身,迅速跑向汽车。

曼斯人在坦克的炮塔里开了火,但目标不是安妮特和那个地球人,而是对着之前发射激光的黑暗开火。他突然一头钻回坦克里,炮塔猛然合上了。坦克随着一阵震动轰轰向前,朝着之前开火攻击的方向驶去。与此同时,坦克前方的炮管里射出一枚导弹,沿着与地面平行的方向笔直飞去,然后毫无预兆地爆炸了。加布里埃尔·贝恩斯努力掉转车头,地球人和安妮塔都挤在他旁边的前座上。大地猛然拔起向他们压来,贝恩斯闭上眼睛,但眼前的景象不可能视而不见。

地球人在他身边咒骂起来,安妮塔发出一声呻吟。

该死的——曼斯人!贝恩斯狠狠地想,感到汽车在导弹爆炸的震波中被整个抛起。

"你怎么能在这么近的地方发射导弹?"在爆炸声中,地球人的声音显得非常微弱。

汽车在冲击波的抽打和震荡中滚了一圈又一圈。加布里埃尔·贝恩斯撞在车顶的安全垫上,然后又撞在仪表盘的安全垫上。所有明智的佩尔人都会在车里安装的安全防御装置自动生效了,但它们加起来还是不够。汽车一圈又一圈地打着滚,加布里埃尔·贝恩斯在心里说:我恨曼斯人,我再也不会提议和他们合作了。

有人撞到了他身上,惊呼:"老天爷!"是安妮特·戈丁。贝恩斯接住了她,随即紧抓不放。所有车窗都炸裂了。塑料碎片纷纷落下,打在他身上,他闻到了什么东西燃烧的酸味,可能是他自己的衣服——就算是这样,他也一点儿不奇怪。在高温条件下自动激活的喷嘴从四面八方喷来保护性的防热泡沫,贝恩斯一瞬间漂浮在灰色的海洋中,什么也抓不到。他又弄丢了安妮特。该死的,他心想,这些保护装置花了我那么多时间和皮币,结果比爆炸本身还糟糕。这难道有什么寓意?他在滑溜溜的泡沫中身不由己地翻滚着,扪心自问。他浑身涂满泡沫,简直像是在为去除体毛的狂欢节做准备;他被呛得难以呼吸,挥动手脚挣扎着想逃离那些泡沫。

"救命。"他说,

但没有任何人或者东西回答他。

我绝对要炸掉那辆坦克。加布里埃尔·贝恩斯在苦苦挣扎中想着,我发誓,我要报复那群狂妄自大的曼斯人,他们才是敌人……我就知道,他们一直在和我们作对。

"你错了,贝恩斯先生。"他脑海中出现了一个声音,冷静又理智,"发射导弹的那个士兵并不是有心要伤害你。在开火前,他进行了缜密的计算——至少他认为是这样。你要小心,不要将无心伤害等同于恶意。此刻他正在努力赶来,想把你和其他人从燃烧的汽车里救出去。"

"如果你能听见我的话,"贝恩斯心想,"就来救我啊。"

"我做不到。我是黏菌,我对热度非常敏感,所以无论在什么情况下都不可能接近火焰,最近发生的事就是证明。我的两位兄弟已经在尝试中牺牲了。现在我还没有做好再次分裂孢子的准备。"它又没头没脑地补充了一句,"就算我要救人,救的也是里特斯多夫先生……那个和你一起在车里的地球人。"

一只手抓住了加布里埃尔·贝恩斯的领子,将他提起来拽出了车,抛到一边。具有超常力量的曼斯人又把手伸进燃烧的汽车,把安妮特·戈丁拖到了安全的地方。

"还有里特斯多夫先生。"黏菌紧张的思绪传入了躺在地下的加布里埃尔·贝恩斯的脑海。

曼斯人再次钻入汽车,完全不顾自身的生命安全——这也是他们过度亢奋的性情的典型特征。他拽着地球人钻出了车。

"谢谢你。"黏菌松了口气,感激地想道,"作为交换,请允许我提供情报:你们的导弹没有打中里特斯多夫博士,她和中情局的仿生人梅吉布姆先生就在附近,潜伏在黑暗中,寻找机会向你开枪。所以,你最好尽快回到坦克里。"

"为什么是我?"曼斯人生气地说。

"因为你的家族摧毁了他们的飞船。"黏菌回应道,"你们之间的战斗一触即发。快跑!"

曼斯士兵拔腿飞奔。

但他没能赶回坦克。他刚跑了三分之二的距离,黑暗中就闪出一束激光,短暂地触碰到他后便消失了,曼斯人一头栽倒在地。

接下来该轮到我们了。加布里埃尔·贝恩斯坐在地下掸着身上的泡沫,突然意识到这个严峻的事实。不知道她是否能认出我,想起我们之前的会面……如果认出了,她是会饶了我的命,还是先来杀我?

在他身边,出于某种惊天巧合也叫里特斯多夫的地球人挣扎着坐起身,说:"你有枪吧,在哪儿呢?"

"应该还在车里。"

"她为什么要杀我们?"安妮特·戈丁发出一声惊呼。

里特斯多夫说:"因为她知道我为什么要来。我来这颗卫星,是为了杀她。"他面色平静。"等今晚结束,我们总有一个人要死,不是她就是我。"他显然已经下定了决心。

头顶上突然传来制动火箭的呼啸声。加布里埃尔·贝恩斯意识到那是另一艘巨大的飞船,不由得心生希望。就算这艘飞船载的是地球人也没关系。也许这能带来一线生机,让他们逃过里特斯多夫博士的魔爪——像他之前猜测的那样,她绝对有精神病，因为她的行动明显并非出自官方指示，而是她自己的野性本能。至少他希望是这样。

他们的头顶上亮起巨大的火焰，照得夜空一片亮白色，地上的所有事物都一览无余，连小石子都能看得一清二楚。里特斯多夫先生坠毁的飞船，死去的曼斯人的坦克和不远处倒在地上的尸体，加布里埃尔·贝恩斯烧成煤渣的汽车。百尺之外，导弹爆炸后留下的巨大残骸，还在嘶嘶作响地冒烟。除此之外，在他们右侧远处的树林里有两个人影，是玛丽·里特斯多夫和黏菌说的另外一个人。贝恩斯终于见到了黏菌的真面目，它躲在坠毁飞船的废墟下面。在火光的照耀下，它看起来可怕极了，贝恩斯差点儿叫出声。

"地球战舰？"安妮特·戈丁说。

"不是。"里特斯多夫说，"看，船身上有只兔子。"

"兔子！"安妮特瞪圆了眼睛，"有智慧的兔子？有这样的生物吗？"

"没有。"黏菌的思绪传给了加布里埃尔·贝恩斯。黏菌似乎有些后悔，"这是邦尼·汉特曼，他是来找你的，里特斯多夫先生。正如你之前悲观的预测，他很容易就猜出你来了阿尔法三号M2卫星；你离开地球后，他也很快就从布拉赫城出发了。"它解释道："我刚刚才开始接收到他的思绪。之前我只是孢子，所以一直没有察觉。"

我不明白，加布里埃尔·贝恩斯心说，邦尼·汉特曼又是什么人？兔神吗？而且他干吗要找里特斯多夫？说起来，他连里特斯多夫是谁都不知道。玛丽·里特斯多夫的丈夫？哥哥？他脑中乱成一团，暗自希望自己已经回到阿道夫城。在过去的很多年里，他的家族一直在建立防御工事和安保体系，目的就是为了应对此类紧急情况。

这下是彻底没救了，他心想。他们都联合起来对付我们：曼斯人、里特斯多夫博士、印着兔子图案的巨型飞船，还有不远处等待行动的地球舰队……我们哪有胜算呢？失败情绪在他的心口郁结。哈，事实如此。他冷冷地心想。

安妮特·戈丁有气无力地掸着胳膊上的隔热泡沫。贝恩斯俯身凑近，对她说："再见了。"

安妮特抬起黝黑的大眼睛望着他，"你要去哪儿，加布？"

"无所谓吧，"他苦涩地说，"去哪儿不都一样？"在这片明亮的闪光中，他们在里特斯多夫博士和她的激光枪面前无所遁形，根本无力回天——而且那把枪已经要了曼斯士兵的命。他摇摇晃晃地站起身来，在泡沫中站稳脚，像落水狗一样抖动身体。"我走了。"他对安妮特说，随即因为她而悲伤起来。令他难受的不是自己的死，而是她的死。"真希望能为你做些什么。"他冲动地说,"但那女人实在太疯狂了,我的亲身体会。"

"噢,"安妮特说,点点头,"这么说,你的计划不太顺利。你针对她的那个计划。"她偷偷瞥了里特斯多夫一眼。

"'不顺利'?"贝恩斯大笑起来,这实在太滑稽了,"回头记得提醒我给你好好讲讲。"他弯下腰,亲了亲安妮特因泡沫而光滑湿润的脸,然后直起身体走开了。在耀眼的火光下,道路一片敞亮,他走得不费吹灰之力。

他一边走,一边等着激光击中他。火箭的火焰实在太亮了,他不由自主地半闭着眼,漫无目的地走着……里特斯多夫博士为什么还没开枪?贝恩斯知道这一枪迟早会来,他只希望能赶紧了事。死在这个女人手里,对佩尔人来说是个不坏的结局。极富讽刺意味,是他活该。

一片影子挡住了他的去路。贝恩斯睁开眼睛。三个人影站在他面前,都是他熟悉的面孔:萨拉·阿波斯托斯、欧玛·戴亚蒙德和伊格纳兹·勒德伯,卫星上三位至强的感知者。或者,贝恩斯心想,也可以说是所有家族中疯得最厉害的三个人。他们来这儿干什么?不管是瞬间转移来的,还是从空中飞过来的,总之都是靠新魔法过来的。贝恩斯感到一阵恼火。情况已经够混乱了。

"这是邪恶与邪恶的战争。"伊格纳兹·勒德伯语气庄严地说,"但我们必须保护自己的朋友不受伤害。信任我们吧,加布里埃尔。我们保证,在精神上,你很快就会安全了。"他向贝恩斯伸出手,整张脸都扭曲起来。

"我就算了。"贝恩斯说,"安妮特·戈丁,去救她吧。"他突然感到,作为佩尔人一刻不停寻求自保的那份压力从肩上消失了。他这辈子第一次抛开自保之心,选择去保护别人。

"她也一样会得救。"萨拉·阿波斯托斯向他保证,"以同样的方式。"在他们头顶上方,制动火箭推进器继续发出巨大的轰鸣声,印着兔子的庞大飞船开始缓缓地下降。它正在准备着陆。

12

中情局特工丹尼尔·梅吉布姆在玛丽身边说:"你也听见那只黏菌说的话了,电视喜剧演员邦尼·汉特曼就在那艘飞船上,他是我们的首要通缉犯。"他激动地伸手在脖子上抓挠,显然是在摸索着对讲机,试图和附近地球舰队飞船上的中情局特工取得联系。

"我还听见黏菌说,"玛丽说,"你不是人,而是仿生人。"

"真人,仿生人。"梅吉布姆说,"这很重要吗?"他终于找到了对讲机的话筒,无视她的反应,滔滔不绝地说起话来,向他的上级报告邦尼·汉特曼的行踪。而他所谓的证据只是木卫三真菌生物的话,玛丽心想。中情局也太容易受骗上当了吧。不过,这应该是真的。汉特曼一定在船上,毕竟飞船上印着凡是他的电视节目观众都熟悉的兔子图案。

　　玛丽随即想起之前去汉特曼机构，为查克争取编剧工作时遭遇的难堪场面。他们干脆又熟练地向她提出了非分要求，她从来没忘、也永远不会忘记这件事。什么"做个交易"，说得好听。一帮下流的浑蛋，玛丽心想，看着飞船像颗即将腐烂的巨大橄榄球，缓缓地落到了地面上。

　　"我接到命令，"梅吉布姆突然提高了声音，"接近汉特曼的飞船，逮捕汉特曼先生。"玛丽惊愕地看着他爬起身跑向汉特曼降落的飞船。应该让他去吗？玛丽问自己。为什么不呢？她如此决定，放下了手中的激光枪。她对梅吉布姆并没什么意见，不管他是人类还是仿生人都无所谓。反正他相当无能。在与查克的婚姻生活中，玛丽见过的所有中情局特工都是这个德行。查克！玛丽的注意力瞬间集中到那个男人身上，是查克，他正和安妮特·戈丁紧靠在一起。难得你大老远跑过来啊，亲爱的，玛丽心想，就为了报复我，值得吗？而且你还有了新欢，玛丽心想，真不知道有个多态型精神分裂患者做情人感觉如何。她抬起激光枪瞄准，开了枪。

　　火焰冰冷的白光突然消失，黑暗重新覆盖了一切。一时之间，玛丽茫然不知所以，但随即又回过神来，意识到是飞船着陆后不再需要照明，把火焰灭掉了。比起光明，它更偏爱黑暗，仿佛是躲在书架后的畏光昆虫。

玛丽无法判断刚才那一枪是否打中了查克。

该死的，她感到一阵愤怒和挫败。而后心里又涌起一阵恐惧。毕竟，此刻最危险的是她。查克摇身一变，成了要置她于死地的杀手——她非常清醒理智地明白这一点。在此之前，她只是出于职业直觉的怀疑，但查克出现在卫星上，证实了她的猜测。现在她想到，在这趟来阿尔法三号M2卫星的旅途中，至少在最初的那段日子里，仿生人梅吉布姆里面的人完全有可能是查克。他为什么不在那时就下手，而是一直等到现在？不管怎样，现在是不可能了，因为操纵仿生人的地点在地球上。这是中情局的内部政策，查克在之前这些年里是这么告诉她的。

我应该趁他还没动手前赶紧逃掉，玛丽对自己说。去哪儿好呢？大型战舰过不来，因为那帮疯子狂人架起了防护罩。我想他们应该还在找办法开出一条路来——不管怎样，她和地球舰队的联系中断了。现在梅吉布姆也走了，不可能帮她跟舰队船只取得联络。真希望能回到地球上，她痛苦地想。这个项目已经彻底搞砸了。简直难以置信，查克和我都想要了对方的命。事情是怎么走到这个残暴又疯狂的地步的？我还以为我们已经彻底分开了……离婚不就是这么回事吗？

她心想，我不该叫律师鲍勃·埃尔弗森去拍查克和那个姑娘的未来照。那恐怕是压在他身上的最后一根稻草。可是事已至此,无法挽回了。她不仅拿到了那些照片,还用到了法庭上。现在它们已经成为公开记录。只要有一点病态的好奇心,谁都可以搜索法庭记录,激活照片,观看查克和那个叫德里雅斯特的姑娘做爱的动态图像。以此为记,必将得胜①,亲爱的……

查克,我愿意投降。玛丽心想。我想摆脱这个局面,就算不是为了你,也是为了我自己。我们就不能当……朋友吗?

这恐怕是种无法实现的奢望。

有个古怪的东西在地平线上蠕动。玛丽盯着它看,无法相信它的体积竟然如此巨大。那么大的东西不可能是人造产物。空气里充满了某种真实的气息。满天星辰的光芒变暗了,在地平线那一带甚至彻底消失不见,而天边那东西的整个轮廓都开始发光。

它的形状像是只无比巨大的蜥蜴,玛丽瞬间意识到了它到底是什么:精神分裂患者的一种心理投射,特别是重度患者所感知到的远古世界的生物。在这颗阿尔法三号M2卫星上,它毫无疑问是种人尽皆知的存在。可是,为什么她也能看得见?

难道是某个或者几个精神分裂症患者凑在一起,将他们的幻想与某种灵能结合起来了?这想法也太出格了,玛丽紧张地想,暗自祈祷事实并非如此。如果这样的结合真的能成功,那将

①In hoc signo vinces,拉丁语,圣殿骑士团口号。

会是种致命的力量。在过去这长达四分之一世纪的自治期里，这些精神病患者确实有可能在不经意间发现了这种方法。

玛丽想起了在甘地镇见过的青春型精神分裂症患者伊格纳兹·勒德伯，也许人们称他为圣人是有理由的。虽然他全身都肮脏不堪，但见面时，玛丽确实在他身上感觉到了类似圣人的气质，仿佛一种源源不断的令人畏惧的超自然能力，天知道这种能力会用到哪里。总之，她对勒德伯很感兴趣。

眼前这只看起来相当真实的蜥蜴伸展着身体，扭着长长的脖子，张开嘴，吐出一只火球般的幻影。火球照亮了周围的天空，仿佛被风托住一般缓缓地上升。玛丽松了一口气：还好火球不是要落下来，而是要飞走了。老实说，眼前这幅情景让她忧虑重重，无法欣赏它的雄伟和壮观。这太像她自己睡觉时那些隐秘的梦境了：只能一个人私密体验，无从谈起，不愿回想，连自己都不敢轻易审视，更别提和其他人讨论了，哪怕那个人是最专业的精神医师。真是要命。

火球不再上升，开始分裂成小条小条的光带。光带飘散下来，在玛丽麻木又震惊的注视下微微颤抖，然后仿佛被无形的手摆弄着，组成了巨大的文字。

文字组成了一组标语，而且——玛丽尴尬又惊恐地发现，这标语是给她看的。光带拼出的字是：

里特斯多夫博士，放下屠刀，

我们就让你走。

底下还用体积稍小的字体加了一笔：

圣人三巨头

他们绝对是疯了。玛丽·里特斯多夫在心里说，勉强止住一声歇斯底里的大笑。拿着屠刀的可不是我，是查克！凭什么要针对我？既然你们都是圣人，连这么明显的事实都看不出来吗？随即她又想：好吧，也许并没有那么明显。毕竟她先向查克开了枪，再之前还打死了那个向坦克奔逃的曼斯士兵。所以，她的良心和目的也许并没有自己想得那么清白。

光带又组成了新的词语：

请回答。

"老天爷，"玛丽抗议道，"我要怎么回答？"她可没法用火在空中写字，她又不是患有青春型精神分裂症的"圣人三巨头"。

太糟糕了,她心想,这实在荒谬到无法忍受。如果我听了他们的话,相信他们,那我就变成有过错的一方了,我和查克之间的敌对关系都要怪到我头上来。可是错的不是我。

突然,邦尼·汉特曼飞船附近出现了一阵激光枪交战的红光。中情局的仿生人兼特工丹尼尔·梅吉布姆显然已经开战。玛丽不知道他是否能成功。如果你了解中情局,恐怕就知道,那胜率非常小。但玛丽还是在心里祝他好运。

不知道"圣人三巨头"是否也对梅吉布姆发出了指令?得有人去帮梅吉布姆才行。他独自向汉特曼的飞船发起了攻击,奋不顾身地开着枪。在玛丽看来,他的行动里有一种非人类的热忱。她心想:他确实是个仿生人,尽管如此,他绝不是懦夫。至于我们其他人呢?她心想,包括她自己,查克和他的姑娘,黏菌,甚至还有向坦克发起最后冲刺的那个死去的曼斯士兵——我们所有人都在恐惧中动弹不得,只剩下想要活命的动物本能。在所有人里,只有仿生人丹尼尔·梅吉布姆主动向敌人发起了进攻。而且,至少在玛丽看来,他单挑汉特曼的飞船的举动注定一败涂地。

天空中又出现了新的巨型闪光文字。谢天谢地,这次不是针对玛丽一个人的了,她总算不再觉得那么丢人。

请你们立即停战,相亲相爱。

好啊,玛丽·里特斯多夫在心里极为配合地表示同意,我先来。我会好好地爱我丈夫查克,尽管他来这儿是想杀了我。我们就在这片混战中重新开始吧,怎么样?

汉特曼的飞船周围的红色激光战变得更激烈了。仿生人没有对巨大标语做出任何反应,继续着自己徒劳但英勇非凡的战斗。

玛丽这辈子还是第一次真心实意地崇拜一个人。

邦尼·汉特曼的飞船一出现,黏菌就变得忧心忡忡,传到查克·里特斯多夫脑中的思绪也饱含担忧。

"我从汉特曼的飞船上接收到许多思绪,"黏菌对着查克想道,"他们对眼下情形做了可怕的误判。他和几个手下,特别是在他身边的几个阿尔法星人,以为这是一场针对他们惊天阴谋。而你,里特斯多夫先生,就处于这场阴谋的中心。"黏菌沉默了一会儿,又想道,"他们派出了一艘飞船。"

"为什么?"查克说,感到心跳加速。

"有火焰照明时,他们拍下的照片显示,你就在卫星表面。飞船即将着陆,他们会掳你上船。这是不可避免的。"

查克跳起身来，对安妮特·戈丁说："我要逃跑了，你就待在这儿别动。"他开始奔跑，并没有特定的方向，只是尽全力在坑坑洼洼的地面上跳来跳去，想远离飞船所在的地方。与此同时，汉特曼的飞船着陆了。他一边跑，一边发现了一件奇怪的事：飞船旁边出现了激光枪发射的红光，因为离得远看起来有些发暗。汉特曼飞船的舱门一开，某人或者某个组织就光明正大地发起了进攻。

是谁？查克心想。肯定不是玛丽。是卫星上的某个家族吗？也许是曼斯家族的先锋部队……可是他们应该没这个空。他们应该正忙着守住笼罩达·芬奇高地的奇特保护罩，对抗地球军才对。而且曼斯人用的武器也不是老式激光枪，用这种东西的更像是中情局的人。

这么说，是梅吉布姆。查克下了结论。仿生人接到命令，要对汉特曼的飞船开火。作为一台机器，他只能遵命行事。

查克心想：曼斯人在和地球人打仗，而代表中情局的梅吉布姆则在与汉特曼一伙交火。我前妻玛丽和我都想杀了对方。此外，汉特曼还是我的敌人。这在逻辑上能推导出什么结果？也许可以对这个眼花缭乱的关系图进行简化，从中得出一个合理的等式。既然曼斯人在打地球人，汉特曼也在打地球人，那么曼斯人和汉特曼就是同盟。汉特曼想抓我，所以他就是我的敌人，也就是地球同盟的敌人。玛丽要打我，我要打汉特曼，所以玛丽是汉特曼的盟军，也就是地球军的敌人。可是，玛丽是在此降落的心理专家小队的领导，是地球的代表。所以，从逻辑上来说，玛丽既是地球的敌人，也是地球的盟友。

没法得出一个简单的等式……这场争斗的参与者太多了，做事也太不合逻辑，有些完全是出于自身的意愿行事，比如玛丽。

等等，不对。他想得出一个逻辑结论的努力并没有白费：查克一边在黑暗中奔跑，一边恍然大悟，看清了自己的困境。他现在要做的是逃离汉特曼的追击，汉特曼是阿尔法星人的盟友，地球军的敌人。也就是说，不管查克自己怎么想，他都是地球军的盟友。这逻辑无懈可击。暂时不管玛丽如何，反正她的行动肯定不是来自地球军的指示。这样一来，此刻的情势就非常清楚了：要想保命，他需要找一艘地球战舰，寻求他们的庇护。只要登上地球舰队的飞船，他就安全了——也只有在那里才能安全。

但查克突然又想起，阿尔法三号M2卫星上的家族正在与地球开战。情况比他一开始想的还要复杂得多。既然他在逻辑上是地球的盟友，那他就是家族联盟的敌人，安妮特·戈丁的敌人，卫星上所有人的敌人。

他可以看见自己的影子，微弱地投射在面前的地面上。天空中出现了某种新的光源。又是某种火焰吗？查克转过头，短暂停住了脚。

他看到天空中有火焰写就的巨大文字，冲着所有人——其实是冲他妻子喊话。"放下屠刀，我们就让你走"，文字这样劝诫道。这显然是生活在这里的精神病患者造出的东西，愚蠢又可笑，很可能出自甘地镇那些头脑已经退化的青春型精神分裂症患者之手。玛丽肯定不会听他们的。但是，这片燃烧的标语让查克又意识到一点：卫星上的家族将玛丽视为敌人。玛丽也是他的敌人，毕竟两人都想杀死对方。也就是说，这让查克成了卫星上家族的盟友。但他与地球军的关系又让他成了家族的敌人。所以，他的逻辑思考最后只得出了一个令人无法忽视的凄凉结论：他既是阿尔法三号M2卫星上家族的盟友，也是敌人；他既站在他们一方，又与他们相对抗。

查克放弃了，不再去想逻辑的事。他转回身，再次奔跑起来。

从古代印度武王的思想中衍生出的那句经典谚语，"敌人的敌人就是朋友"，在眼下完全行不通。就这么回事。

有什么在他头顶上方不远处轰轰作响，一个经过放大的声音冲他喊道："里特斯多夫！站住别动！否则我们就把你当场击毙！"这喊声响亮得激起一阵回音，传到地面上又反弹回来。查克知道，这是空中的汉特曼快艇瞄准自己，以最大威力发出的警告。正如黏菌预测的那样,他们找到他了。

他喘着粗气,站住了。

快艇悬停在离地面十尺高的地方,随着一声巨响弹出了金属爬梯,刚才的人工增强声音又说:"爬上来,里特斯多夫。马上,别耍什么花样!"镁制扶梯在仅有火焰文字照明的夜色中微微颤动,仿佛连接着超自然世界。

查克·里特斯多夫抓住梯子,极不情愿地开始攀爬,整颗心都沉到了底。片刻后,他爬上了快艇的控制舱。两个佩枪的地球人神色不善地对着他。

查克心想:邦尼·汉特曼的雇佣兵,我的敌人。其中一个人是杰罗德·费尔德。

快艇收回扶梯,以最快的速度向母舰的方向呼啸奔去。

"我们救了你的命。"费尔德说,"如果你留在地上,你那位前妻会把你活活撕碎。"

"那又怎么样?"查克说。

"我们这是以德报怨。你还想怎么样? 邦尼没发火,他是个颇有肚量的人,这点小事都没放在眼里。毕竟不管事态变成什么样,他都可以移民到阿尔法星帝国去。"费尔德露出了微笑,仿佛移民这个念头让他开心起来。从汉特曼的角度看,这说明事态还没严重到让他无法忍受的地步,他还有退路可走。

快艇回到了母舰旁边。舰体上打开了一条圆形通道,快艇就位后毫不费力地驶了进去,回到了位于飞船内部深处的泊位上。

快艇的舱门打开了,查克·里特斯多夫与邦尼·汉特曼打了个照面。汉特曼神色忧虑地擦了擦通红的前额,说:"有个疯子在攻击我们。看他那样子,肯定是当地的精神病患者。"飞船一阵震动。"感觉到没有?"汉特曼生气地说,"他拿着手持武器就敢来打我们。"他挥手让查克靠近些,又说:"跟我来吧,里特斯多夫,我们谈谈。我你之间存在着天大的误解,但我想还是有办法解决的。如何?"

"你我之间。"查克反射性地纠正道。汉特曼率先走下一条狭窄的过道,查克跟在后面。现在没人拿激光枪对着他了,但他还是选择了顺从。毕竟随时都有可能冒出来这么一把枪,他的囚犯身份并没有改变。

一个姑娘在两人前方的走廊岔路口走了过去,沉思着抽着烟。她上半身完全赤裸,只穿了一条短裤。她身上有某种东西让查克觉得熟悉。就在那身影即将消失在某扇门后时,他突然想起来她是谁了。帕特里西娅·韦弗。看来在逃离太阳系的过程中,汉特曼还有足够的闲暇,捎上一位情妇一起上路。

"进来吧。"汉特曼说,打开了一扇门。

里面的舱室狭小,什么都没有。两人都进门后,汉特曼关紧了门,随即焦躁不安地踱起步来。一时之间,他陷在沉思中没有说话。飞船时不时传来一阵抖动,外面的攻击还在持续。他们头顶的灯光忽明忽暗。汉特曼抬头瞪了天花板一眼,又继续踱步。

"里特斯多夫,"汉特曼说,"我别无选择。我只能——"有人敲门。"老天。"汉特曼说,把门拉开了一条缝,"哦,是你。"

帕特里西娅·韦弗站在外面。现在她套上了一件棉制衬衣,衣摆没塞好,扣子也没扣齐。她说道:"我只是想给里特斯多夫先生道个歉——"

"走开。"汉特曼关上门。他转身面对着查克,"我只能投奔阿尔法星人。"他的前额上冒出了巨大的汗珠,仿佛是蜡烛滴下的蜡油,但他也没心思在意了,"你不怪我吧?我的电视演艺生涯被该死的中情局给彻底毁了。我在地球上什么都没了。如果我能——"

"她胸真大。"查克说。

"谁?帕特里西娅?那当然。"汉特曼点点头,"那是在好莱坞和纽约才能做的手术,现在比乳头扩张术还流行。她也做过扩张术,她要是能上我们的节目,肯定美极了。很遗憾那没能成真,和很多其他事一样。你知道吗,我差一点儿就没从布拉赫城逃出来。他们觉着肯定能抓住我,但是当然了,事先有人给我通了气。但是差一点儿就没赶上。"他又紧张又责备地盯着查克，"如果我能把阿尔法三号M2卫星交给阿尔法星政府，他们就接受我，我就能平稳地度过后半生。如果我做不到，这颗卫星被地球给占了，那他们就不会收我。"他看起来疲惫又消沉，整个人仿佛缩小了一圈。看起来，把这件事告诉查克对他来说非常艰难。"你有什么感想？"汉特曼低声喃喃，"直说无妨。"

"呃嗯。"查克说。

"这就是你的感想？"

查克说："如果你以为我还能影响到我前妻，影响她对星际联盟的报告——"

"不。"汉特曼干脆地否认，"我知道，你不可能影响她在此次行动中的决定。我们在上面看得一清二楚，你们俩在底下像野兽一样盲目争斗。"他恢复了精神，对查克怒目而视，"你杀了我的小舅子切利根，还打算杀掉你老婆——简直是迫不及待……你们到底想怎么样？我从来没见过这种场面。不仅如此，你还把我的位置出卖给了中情局。"

"圣灵抛弃了我们。"查克说了一句。

"鹦鹉①？什么鹦鹉？"汉特曼的鼻子皱了起来。

"这么说吧，现在这儿已经是战争状态了。这也许能解释眼

---

① 原文为parakeet，意为鹦鹉，与前文"圣灵"英文读音相近。

前的情况。就算解释不了——"查克耸耸肩。他不知道还能怎么说。

"那个有点壮的姑娘,"汉特曼说,"你前妻开枪打你的时候,跟你躺在一起的那个。她是这儿的疯子,没错吧?是某个家族的人?"汉特曼眼神锐利地盯着查克。

"可以这么说。"查克不情愿地说,他不太喜欢汉特曼的措辞。

"你能通过她,联系到他们什么跨家族的最高级议会吗?"

"也许吧。"

汉特曼说:"只有一个解决办法。有没有你说的那个什么鹦鹉都一样。叫他们的议会过来见面,听听你的提案。"汉特曼挺直身子,坚决地说,"叫他们向阿尔法星人寻求庇护。告诉他们,为了对抗地球,必须让阿尔法星人过来,占领这颗卫星。这样一来,根据那些该死的条约,这儿在法律上就属于阿尔法星的领地了。我不是很懂那些条约,但阿尔法星人和地球人都懂。作为交换——"他始终盯着查克的脸,一刻也没有移开过目光。那双一眨不眨的小眼睛在向所有人和所有事物发起挑战。"阿尔法星人会保证所有家族的公民自由。不会强制入院,不会强制治疗。你们不会被当作疯子,而是货真价实的殖民者,可以拥有土地,随心所欲地参与生产和商业活动。"

"别说'你们'。"查克说,"我可不是这儿的家族成员。"

"你觉得他们会相信吗,里特斯多夫?"

"我——不知道,真的。"

"你当然知道了。你之前就来过,在那个中情局仿生人身体里。我们在中情局的线人把你的一举一动都告诉我了。"

所以汉特曼确实在中情局里插了人。查克之前猜想得没错,中情局里有间谍。这在中情局也算是常有的事。

"别那么看我。"汉特曼说,"他们在我这儿也有人,你可别忘了。遗憾的是,我不知道到底是谁。有时候我觉得是杰瑞·费尔德,有时候我觉得是达克。反正,通过在中情局的线人,我们知道你被停职了,所以就开除了你——既然你没法影响在阿尔法三号 M2 卫星的你老婆,你对我们还有什么用?我们现实点吧。"

查克说:"而中情局通过在你这儿安插的特工——"

"是啊,我否决剧本、开除你之后几分钟他们就知道了,以迅雷不及掩耳之势跑过来,砰的一声把门撞开,满心以为能把我抓个正着……就像新闻里写的那样。但是当然啦,我在他们那儿安排的人通知我了,我知道铡刀就要落下来了,所以我跑了。他们的线人告诉他们我离开了地球,但这家伙不知道我具体去哪儿了。只有切利根和费尔德知道我的位置。"汉特曼感慨地说,"也许我永远也不会知道谁是中情局的人了。反正也不重要了。我和阿尔法星人之间的来往大部分都是秘密,我手下的员工基本都不知道,因为我知道,一开始就有中情局的人混进来了。"他摇了摇头,"真是一团乱麻。"

查克说:"你在中情局的线人是谁?"

"杰克·埃尔伍德。"汉特曼歪着嘴笑了笑,因查克的反应而开心,"你以为埃尔伍德为什么会同意给你那艘昂贵的追逐舰?是我叫他给的。我想让你到这里来。你以为埃尔伍德为什么会强烈建议你来控制仿生人梅吉布姆?这从一开始就是我的策略。好了,你讲讲这里的那几个家族吧,他们到底会往哪边倒?"

难怪汉特曼和那几个编剧能写出那份所谓的电视节目稿,硬塞到他怀里。查克不得不承认,正如汉特曼所承认的,他们通过埃尔伍德,准确地瞄准了靶心。

但这并不是全部事实。埃尔伍德确实可以告诉汉特曼一伙儿,有仿生人梅吉布姆存在,他的操控者是谁,目的地又是哪里。但也就仅此而已。埃尔伍德可不知道剩余的部分。

"我承认,我以前来过。"查克说,"但在那段时间,我一直都在希布人的领地。他们是地位最低的阶级,无法代表这个社会。我对佩尔人和曼斯人一无所知,他们才是这里的领导阶层。"他想起了玛丽对阿尔法三号 M2 卫星和其复杂社会系统精彩绝伦的分析。事实证明,她是对的。

汉特曼的目光咄咄逼人。他说:"你可以尝试一下。我认为,他们所有人都能从中得到一些好处,如果我是他们,我就会接受这个提议。要不然,他们就只能回到被强制收容的生活,再也没有其他可能。愿意就愿意,不愿意就算了——你就这么跟他们说。除此之外,我还要告诉你,你能从中得到什么。"

"我洗耳恭听。"查克说,"最好说得具体一些。"

"如果你配合,我就让埃尔伍德把你弄回中情局。"

查克保持沉默。

"嗨,"汉特曼遗憾地说,"你甚至都懒得回答。好吧,你也看见了,帕特里西娅在船上。我会叫她对你友好一些。明白我的意思吧?"他眨了眨眼,眼皮的抽搐动作敷衍又紧张。

"不。"查克加重了语气说。跟她之前的会面并没有愉快收场。

"好吧,里特斯多夫。"汉特曼叹了一口气,"我们把筹码加高些。如果你为我们把这件事做好,我们就给你一块大骨头,跟之前说的这些都不是一个等级。"他深吸了一口气,"我们保证,替你杀掉你老婆。尽量干净利落,毫无痛苦。真的一点儿痛苦都没有……非常快。"

过了两人都觉得十分漫长的一段时间后,查克说:"我想不通,你为什么觉得我想要玛丽的命。"他没有躲开汉特曼足以刺穿人心的目光,但这确实十分艰难。

汉特曼说:"我说过了,我看见你们俩跟野兽似的,在底下疯狂撕斗。"

"我那是正当防卫。"

"你说什么就是什么吧。"汉特曼说,讽刺地点头假装赞同。

"无论你在这颗卫星上看见我和玛丽做了什么,都不可能得出这个结论。你肯定是早就知道了,在来阿尔法三号 M2 卫星前就知道了。而且不可能是埃尔伍德告诉你的,因为他不可能知道,所以你就别费心撒谎说是埃尔伍德——"

"行。"汉特曼打断了他,"埃尔伍德给我们讲了仿生人的事,你操控梅吉布姆,剧本的这个部分就是这么来的。但我不会告诉你其他部分是怎么来的。就这样。"

查克说:"你不告诉我,我就不会去见议会。就这样。"

汉特曼怒瞪着他说:"我是怎么知道的很重要吗?我已经知道了,这就够了。这也不是我主动要问的。我们只是后来想起这事,就随意往剧本里添了一笔。是她告诉我——"汉特曼住了口。

"琼恩·德里雅斯特。"查克说。她和黏菌是一伙儿的,除此之外没有其他解释。现在全都说得通了。不过也都不重要了。

"废话少说。你到底想不想杀了你老婆?赶紧决定。"汉特曼不耐烦地等着。

"不。"查克说。他摇了摇头,心里毫无犹疑。解决方法就在眼前,但他拒绝了,而且绝不后悔。

汉特曼缩了缩,"你要自己下手。"

"不。"查克说。并非如此。"你开出的条件让我想起了切利根在我共寓走廊里杀死的奔跑蛤蜊殿下。我能想象出同样的事发生在玛丽身上。"而这并不是我想要的,他心想。显然,我一直都搞错了。那凄惨的一幕给了我一个教训,而我无法忘怀。可是,既然如此,对于玛丽,我希望的到底是什么呢? 他不知道。答案藏在雾里,也许永远都不会在他面前显形。

汉特曼又拿出手帕,擦拭额头上的汗,"真是乱透了。你的婚姻生活,将会彻底毁了两个星系帝国的计划,地球也好,阿尔法星系也好——你有这么考虑过吗? 我放弃了。老实说,我很高兴你拒绝了这个条件,但我们实在想不出别的了。我们以为这就是你的终极目的。"

"我也这么以为来着。"查克说。一定是因为我还爱着她,他心想。一个在曼斯士兵逃回坦克时,一枪毙了他的女人。可是,至少在玛丽看来,那只是为了自保而已,谁又有怪罪她的权利呢?

门外再次传来敲门声,"汉特曼先生?"

邦尼·汉特曼开了门,杰罗德·费尔德迅速钻了进来。

"汉特曼先生,我们接收到了一只木卫三黏菌发射出的思维信号。它在距船外不远的地方。它想让我们放它上船,目的是——"他瞥了查克一眼,"目的是和这位里特斯多夫待在一起。它说它想'共同承担他的命运'。"费尔德做了个苦脸,"它显然很担心里特斯多夫。"他一脸恶心的表情。

"让那该死的东西上来吧。"汉特曼下令。费尔德走后,汉特曼对查克说,"老实说,我不知道你会变成什么样,里特斯多夫。你把自己的生活搞得一团糟,婚姻,工作,无论哪方面都是。跑了这么大老远的路过来,结果却改了主意……你到底还剩下什么?"

"我想,圣灵好像回来了。"查克说。他在最后一刻拒绝了汉特曼关于玛丽的提议,这就是最好的证据。

"你说的到底是什么东西?"

"圣灵是一种高洁的精神。"查克说,"每个人心里都有,只是很难找到。"

汉特曼说:"你心里要是有空洞,干吗不做点高尚的事填上,比如拯救阿尔法三号 M2 卫星这些疯子免受强制收容之苦?至少你可以回中情局工作。这艘船上有几个等级相当高的阿尔法星军事官员……再过几个小时,他们就会叫官方舰队过来,在法律上正式占领这颗卫星。当然了，地球舰队还在附近转悠，所以我们才更应该谨慎地对待这整件事。你曾经是中情局特工，应该有能力处理好这种棘手的局面。"

"在全是精神病患者的卫星上度过余生，"查克说，"不知道是种什么感觉。"

"你以为你以前的生活和这儿的有什么不一样？要我说，你跟你老婆的关系就疯疯癫癫的。你会想到解决办法的，找个美女上床，代替玛丽。说起来，之前火焰熄灭的时候，我们在照片上看见和你紧搂在一起的那个姑娘。她长得还不错，不是吗？"

"她叫安妮特·戈丁。"查克说，"多态型精神分裂。"

"嗯，就算是这样，有她也就可以了吧？"

查克沉默片刻，说："或许吧。"他不是什么医生，但在他看来，安妮特并没什么不对劲的地方。应该说，比玛丽还正常得多。但是当然了，他对玛丽的了解也要深得多。而且——

敲门声又响了起来。门开后，杰罗德·费尔德说："汉特曼先生，我们查明了攻击者的身份。他是中情局的仿生人，丹尼尔·梅吉布姆。"他解释道，"作为让它上船的感谢，那只木卫三黏菌提供了这个情报。我有个想法。"

"我也有同样的想法。"汉特曼说，"或者说，如果你我想法不同，你就不必再说下去了。"他转向查克，"我们会联系杰克·埃尔伍德,他还在中情局的旧金山分部。我们会让他撤掉操控仿生人的特工,应该是派崔吧。"显然,汉特曼很熟悉中情局旧金山分部的人员构成。"然后,里特斯多夫,我们会让你在这里直接操控仿生人。只要他的无线电连接还在,你就能操控他,我们的要求也不多,让他停止行动,靠边待着就行。这应该不过分吧?"

查克说:"我为什么要这么做?"

汉特曼眨了眨眼,"因——因为他会用那把该死的激光枪切断我们的电源,把我们都炸死。这就是原因。"

"在这种情况下,你也会死。"费尔德对查克说,"你和那只木卫三黏菌都跑不了。"

"如果我去见这颗卫星的最高议会,"查克对汉特曼说,"叫他们去寻求阿尔法星人的庇护,而他们也照做了——那么阿尔法星和地球之间很可能又会开战。"

"绝不会。"汉特曼加重了语气,"地球可没那么看重这颗行星,'五十分钟行动'只是个临时起意的产物,根本微不足道。相信我,我认识很多人,对这方面很有把握。如果地球真的这么重视这里,他们多年以前就会派人来了。对吧?"

"他说的是真的。"费尔德说,"我们安排在星际联盟的人之前证实了这一点。"

查克说:"我想这是个好主意。"

汉特曼和费尔德都明显松了口气。

"我会去和阿道夫城的人谈谈。"查克说,"如果我能让几个家族重新召开最高议会会议,就把这个提案告诉他们。但我要以我自己的方式去做。"

"那是什么意思?"汉特曼紧张地问。

"我不是演说家,也不是政治家。"查克说,"我的工作一直是为仿生人写程序稿。如果我能控制梅吉布姆,我就会让他去见议会成员——我给他写的稿会比我自己说出来的话更有逻辑,更能打动人。"此外,待在汉特曼的飞船里也会比去阿道夫城安全得多,但他没把这句话说出来。地球军队随时有可能破坏曼斯人的保护罩,他们要做的第一件事就是把各家族的议会成员抓起来。在那个时刻,如果有人正在鼓动议会转投阿尔法星帝国旗下,那他恐怕再也无法重见天日了。而且,如果这个提议来自他这样的地球公民,那此举就会无可辩驳地被视为叛国罪。

查克震惊地意识到:我即将要做的事情无异于上了汉特曼的贼船。

黏菌的思绪传了过来,安慰着他,"你做了明智的选择,里特斯多夫先生。先是决定让你妻子活下去,然后是去见议会。在最坏的情况下,我们都会变成阿尔法星的俘虏。但我相信,在他们的统治下,我们也能活下去。"

汉特曼也同样接收到了这些思绪,他咧嘴一笑。"一言为定?"他问,向查克伸出手。

两人握了握手。无论结果如何,这份叛国交易都已尘埃落定。

13

曼斯家族的庞大坦克轰轰作响,打着明亮的前灯开到加布里埃尔·贝恩斯和安妮特·戈丁身边,打嗝般突突地停住了。炮塔猛然掀开,里面的曼斯人警惕地站了起来。

四周一片黑暗,玛丽·里特斯多夫博士的激光攻击没再出现。加布里埃尔·贝恩斯充满希望地想,也许里特斯多夫太太接受了"圣人三巨头"以空中火焰文字的形式提出的倡议。无论如何,这就是伊格纳兹·勒德伯之前所保证的,让他和安妮特活下去的机会。

他动作迅捷地跳起身,把安妮特也拉起来,狂奔逃到曼斯人的坦克边。坦克驾驶员把他们拉进坦克,猛地关上了舱门。三人在坦克内部的狭小空间内躺作一团,汗流浃背地喘着气。

我们成功逃掉了,加布里埃尔·贝恩斯对自己说。但他心中毫无喜悦之情。保住性命并没有什么了不起,与大局相比,这实在太微不足道了。但至少也不是一无所获。他伸出手,环抱住安妮特。

曼斯人说:"你们是戈丁和贝恩斯?议会成员?"

"对。"安妮特说。

"霍华德·斯特劳叫我把你们带回去。"曼斯人解释道,坐回驾驶座上,重新发动了坦克,"我得把你们带到阿道夫城,新一轮家族议会马上要召开了,斯特劳说你们必须在场。"

加布里埃尔·贝恩斯想到:我们能活下来,纯粹是因为霍华德·斯特劳还需要我们的投票,让我们没在黎明破晓时死于玛丽·里特斯多夫之手。太讽刺了。但这同样证明了各家族之间羁绊的重要性。正是这种羁绊让他们都能存活下来,就连最低级的希布家族也不例外。

到了阿道夫城,坦克将两人送到了位于城中心的大型石砌建筑门口。加布里埃尔·贝恩斯和安妮特一言不发地爬上熟悉的楼梯。之前他们在夜晚的荒野上一连躺了好几个小时,我们需要的不是开会,贝恩斯心想,而是六个小时的睡眠。他好奇这次开会又是为了什么,卫星上的家族不是已经达成一致意见,要全力出击,抵挡地球军的入侵了吗?除此之外,还有什么需要讨论的?

到了会议室的前厅,加布里埃尔·贝恩斯停住了脚。"我先派仿生人进去看看。"他对安妮特说。他拿出特制钥匙,打开了存放曼斯家族生产的仿生人的货柜——这是他的合法权利。"万一呢。"现在要是有谁不小心牺牲了,那可太可惜了,毕竟他们好不容易才逃过里特斯多夫太太的枪口。

"你们这些佩尔人。"安妮特有些愕然又好笑地说。

加布里埃尔·贝恩斯激活了仿生人,仿生人开始嗡嗡作响。"你好,先生。"他又转向安妮特,"戈丁小姐。我这就进去,先生。"他礼貌地鞠了个躬,动作有些不连贯但还算轻快,穿过两人走进了会议室。

"之前发生的一切难道没让你学到点什么?"两人等待着仿生人的报告,安妮特问加布里埃尔·贝恩斯。

"你指什么?"

"根本没有完美防御这回事。没有什么保护措施。活着就相当于暴露在危险之下,生命的本质就是冒险——活着就是这么回事。"

"嗯,"贝恩斯机敏地说,"尽人事,听天命。"尽力而为总是没错。这也同样是活着的一部分,所有生物都在为此不断努力。

贝恩斯的仿生人回来了,开始做正式的报告。"没有致命气体,没有超过安全值的电流,水罐里没有毒,没有给激光步枪开的小孔,也没有隐藏定时炸弹。我的意见是,您进门是安全的。"

任务完成,仿生人自动关闭了……然后又突然重新运转起来,这让贝恩斯吃了一惊。"不过,"他继续说,"有一点很不寻常,请您注意:会议室里除我之外还有另一个仿生人。这一点我可不喜欢,一点也不。"

"谁?"贝恩斯震惊地问道。只有佩尔人才会因为担心安全而使用昂贵的仿生人,而他是议会里唯一的佩尔代表。

"是会议的发言人,"他的贝恩斯仿生人答道,"所有代表都在等他。他是个仿生人。"

加布里埃尔·贝恩斯打开门向内望去,看见其他代表都已到场。站在众人面前的是玛丽·里特斯多夫的同伴,中情局特工丹尼尔·梅吉布姆。根据黏菌的说法,在玛丽·里特斯多夫向自己的丈夫、开坦克的曼斯人、贝恩斯和安妮特·戈丁发起攻击时,这位梅吉布姆就在她身边。他到这里来干什么? 无论如何,贝恩斯的仿生人提供了很有价值的信息。

尽管加布里埃尔·贝恩斯的判断是最好不要进去,所有的本能都在叫喊着快逃,但他还是走进会议室,坐在了座位上。

接下来,他心想,里特斯多夫博士会从某个隐蔽地点把我们一枪一个,杀个干净。

"请让我解释。"等贝恩斯和安妮特·戈丁一落座,仿生人梅吉布姆就开了口，"我是查克·里特斯多夫，此刻正在操控这个仿生人。我本人就在阿尔法三号M2卫星上，在属于邦尼·汉特曼的飞船上，离你们不远。你们可能也见过这艘飞船了，船身上印着一只兔子。"

霍华德·斯特劳敏锐地开了口，"也就是说，你不再是地球情报组织中情局的人了。"

"没错。"仿生人梅吉布姆表示同意，"我们暂时抢夺了中情局对这个仿生人的控制权。所以，我想以最快的速度向你们说明我的提议。我们认为这对阿尔法三号M2卫星和卫星上所有家族来说都是最佳的出路。你们必须以卫星最高政权团体的身份，正式要求阿尔法星政府派来军队，占领这里。他们保证，不会将你们视为医院病人，而是当作合法的移民来对待。占领交接可以通过汉特曼的飞船进行，因为此刻就有两名阿尔法星高级官员在——"

仿生人突然停顿了动作，阵阵抽搐，停止讲话。

"出事了。"霍华德·斯特劳说，站起身来。

仿生人梅吉布姆突然说："呜滋滋滋滋滋滋莫斯。卡德拉克斯安维格达姆得得得得得得。"他挥舞胳膊，整颗头都垂了下去，喊道，"一步思恩的姆姆姆姆姆姆姆咔克！"

霍华德·斯特劳脸色苍白地死盯着仿生人，然后转向加布里埃尔·贝恩斯，说："中情局从地球上切入了汉特曼飞船的空间传输线路。"他在大腿侧拍打摸索，找到了身侧的枪，举起来眯着一只眼睛瞄准。

"我刚刚说的话，"仿生人梅吉布姆再次开口，音色有些不一样了，听起来更激动、音调也更高，"只是个异想天开的叛国圈套，必须彻底否决。如果阿尔法三号M2卫星向阿尔法星帝国寻求保护，那后果无异于自杀，因为——"

霍华德·斯特劳一枪打在仿生人最重要的大脑单元上，他立刻停止了活动，砰的一声瘫倒在地。室内一片静寂，仿生人停止了抽搐。

过了一会儿，霍华德·斯特劳把枪收好，颤抖着坐了回去。"旧金山的中情局从里特斯多大那里夺回了控制权。"他说。这解释完全多此一举，因为在场的所有代表，就连希布人雅各布·西米恩都目击了发生的一切。"但我们已经听到了里特斯多夫的提议，这就够了。"斯特劳的目光依次望向所有人，"最好马上行动。投票吧。"

"我选择接受里特斯多夫的提议。"加布里埃尔·贝恩斯说，心想刚才实在是太险了。要不是斯特劳反应迅速，再次被中情局控制的仿生人很可能会自爆，将他们一网打尽。

"我同意。"安妮特·戈丁十分紧张地说。

所有人投票完毕后,只有整天愁眉苦脸的戴普人迪诺·沃特斯投了反对票。

"你怎么回事?"加布里埃尔·贝恩斯好奇地问。

戴普人用空洞绝望的声音说:"我觉得没戏。地球舰队离得太近了。曼斯保护罩坚持不了那么久。要不就是我们联系不上汉特曼的飞船。总会出问题的,然后地球人就会大开杀戒。"他又加了一句,"而且自从上次开完会,我的胃就一直在疼,我恐怕是得癌症了。"

霍华德·斯特劳按了铃,一位议会秘书拿着便携无线电发射器进了门。"我这就联系汉特曼飞船。"斯特劳说,按下了发射器。

汉特曼和地球上残留的机构人员取得联系后,抬起头,表情憔悴地对查克·里特斯多夫说:"是这样的。那个叫伦敦的家伙,中情局旧金山分部部长,埃尔伍德的上司,发现了我们在做什么。他一直监控着仿生人的行动——肯定是在我逃跑以后就产生了怀疑。"

"埃尔伍德死了吗?"查克问道。

"没有,他在旧金山要塞的监狱里。派崔立即接手了对梅吉布姆的控制。"汉特曼站起身,暂时关掉了与地球的连线,"但他们还是晚了一步。"

"你可真是个乐天派。"查克说。

"听着。"汉特曼语气激动地说,"阿道夫城的那些人也许从法律上和医学上来说都是疯子,但他们不傻,特别是在事关自身安全的问题上。他们听到了我们的提议,我敢打赌,此刻他们正在投票,而且投票结果会是接受提案。我们随时都会接到他们的来电。"他看了看表,"要我说,就在一刻钟之内。"他转向费尔德,"带那两个阿尔法星人来,这样他们可以马上把卫星的请求转给他们的船队。"

费尔德快步走掉了。过了片刻,汉特曼叹了口气,重新坐下来,点了支绿色的地球产粗雪茄,双手枕头靠到椅背上,端详着查克。

又过了好一会儿。

"阿尔法星帝国需要喜剧节目演员吗?"查克问道。

汉特曼咧嘴一笑,"那你猜他们需要仿生人程序员吗?"

十分钟之后,阿道夫城的电话来了。

"好。"汉特曼说,一边听着霍华德·斯特劳说话一边点头,然后看了查克一眼,"那两个阿尔法星人呢? 要不现在来,要不就永远也别来了。"

"我来了,我就是阿尔法星帝国的代表。"是阿尔法星人RBX303。它扑腾着快步进了门,后面跟着费尔德和另一个阿尔法星人,"我会再向他们重申一遍,我们不会把他们当成病人对待,而是当成移民。这一点一定要说得非常清楚明白才行。阿尔法星政策一向——"

"别长篇大论了!"汉特曼尖锐地说,"给你的舰队打电话,让他们着陆。"他把对讲机话筒递给阿尔法星人,疲惫地站起身,走到查克身边。"老天爷。"他喃喃道,"这种关头,它居然打算讲讲过去六十年的外交政策。"他摇了摇头。他极其小心地将熄灭的雪茄重新点燃。"那么,我想我们的终极问题就要有答案了。"

"什么问题?"查克说。

汉特曼简单地说:"阿尔法星帝国是否需要电视喜剧演员和仿生人程序员。"他走开了,听着 RBX303 用无线电召集阿尔法星战舰队。他叼着雪茄,双手揣在兜里,静静等待着。查克心想:看他的表情,没人能猜出我们的性命都取决于这通电话能否接通。

杰罗德·费尔德坐立不安,走到查克面前说:"你那位博士妻子现在人呢?"

"应该在底下游荡吧。"查克说。汉特曼飞船现在正在离卫星三百英里远的轨道最高点上,与地面已经没有了除无线电外的联系手段。

"她做不了什么吧?"费尔德说,"我是指,能搞砸这一切的事。能的话她当然愿意了。"

查克说："我妻子，或者说前妻，是个正在担惊受怕的女人。现在她自己一个人待在一颗全是敌人的卫星上，等待着恐怕永远也不会出现的地球舰队，虽然她对此并不知情。"他已经不恨玛丽了，那股恨意和许多其他东西一起成了过眼云烟。

"你在可怜她?"费尔德说。

"我——只是希望，命运没有把我们耍弄得这么彻底。我是说我们之间的关系。我总觉得，通过某种我想象不出的方式，玛丽和我总能找出办法再聚。也许要过许多年——"

汉特曼宣布："他把舰队都叫来了。我们成功了!"他容光焕发，"这下我们可以喝个烂醉了——想怎样就怎样。船上就有酒。我们谁也用不着再做任何事情了，明白吗? 已经大功告成了! 我们是阿尔法星帝国的公民了，很快就会没有名字只有车牌号了，我倒是无所谓。"

查克继续对费尔德说："也许等有一天，这一切都变得无关紧要了，我会回想起这一切，反思应该做些什么才能避免这一切，玛丽和我才不会躺在泥坑里，拔枪互相射击。"还是在一个陌生世界的漆黑夜晚，他心想。这里不是我们的家，但我恐怕要在这里度过余生了。也许玛丽也一样，他心情沉重地想。

他对汉特曼说："恭喜。"

"谢了。"汉特曼回答，又对费尔德说，"恭喜，杰瑞。"

"谢谢。"费尔德说，"恭喜，祝你长命百岁。"他对查克说，"我的阿尔法星人同伴。"

"我在想，"查克对汉特曼说，"你能不能帮我一个忙。"

"什么忙？尽管说。"

查克说："借我一艘快艇，让我下到地面。"

"干吗呢？你在船里要安全多了。"

"我想去找我妻子。"查克说。

汉特曼挑起眉，"你确定？好吧，你的表情说明了一切。可怜的家伙。哎，也许你能说服她和你一起留在阿尔法三号M2卫星。如果那些家族不介意的话，如果阿尔法星政府——"

"赶紧把快艇给他！"费尔德打断了他的话，"他现在心情糟透了，没时间听你说废话。"

"好吧。"汉特曼点点头，对查克说，"我把快艇借给你。你可以去地面上，尽情干些傻事——跟我可什么关系都没有。当然了，我希望你能回来，但要是回不来——"他耸耸肩，"那也没办法。"

"走的时候把你那只黏菌带上。"费尔德对查克说。

半小时后，查克将快艇停在了一片类似白杨的树丛中，他站在开阔林地上闻着风的味道，侧耳听着。什么声音都没有。这只是颗小小的星球,上面并没有太多事发生。议会投了票,一个家族维持着防御性的保护罩,几个人在恐惧中颤抖着等待。但其他大部分居民,包括甘地镇的希布人,都只是一如既往地过着他们精神不正常的小日子。

"我是不是疯了?"查克问奔跑蛞蝓殿下,后者已经滑开几尺,找了个更湿润的地方待着。黏菌是种喜水生物。"在我能做的事情里,这是不是错得最离谱的选择?"

"所谓发疯,"黏菌回答道,"严格来说,是个法律术语。在我看来,你只是非常愚蠢罢了。我认为,玛丽·里特斯多夫一见到你,就会对你做出充满敌意的残暴举动。但也许那正是你想要的。你很累了,这场战斗已经持续了很久。我给你的那些非法刺激性药物也没能帮上忙,我想它们只让你变得更加绝望,更加疲惫。"它又说,"也许你应该去科顿·马瑟①庄园。"

"那是什么地方?"就连这名字都让查克反感地一缩。

"戴普族的领地。你可以和他们一起,在无穷无尽的阴暗绝望中生活。"黏菌的语气中带着温和的责备之意。

"谢了。"查克讽刺地说。

"你妻子不在附近。"黏菌下了结论,"至少我没接收到她的

---

①科顿·马瑟是十七世纪美洲新英格兰地区的清教徒牧师,因在塞勒姆审巫案中热衷给人定罪而广为人知。

思绪。我们走吧。"

"好。"查克脚步沉重地走向快艇。

黏菌跟在他身后进了舱门，对他想道："还有一种可能性，你必须考虑。玛丽也许已经死了。"

"死了！"查克止住脚步，瞪着黏菌，"怎么死的？"

"正如你对汉特曼先生说的那样，这颗卫星正处于战争状态。已经有人死去，幸运的只有极少数人。但在这里，非正常死亡的潜在可能性极高。最后一次见到玛丽·里特斯多夫时，在场的还有三个神秘主义者，所谓的'圣人三巨头'，以及他们那令人作呕的天空文字投射。因此，我建议直接坐快艇去甘地镇，那里是领导三巨头的伊格纳兹·勒德伯的存在之地——在肮脏的环境、猫群、为数众多的妻子和孩子中间，他确实仅仅只是存在而已。"

"可勒德伯绝不会——"

"精神疾病就是精神疾病。"黏菌指出，"不可轻信狂人。"

"确实。"查克烦躁地说。

很快，他们就走上了去往甘地镇的路。

"我真的不知道，"黏菌想道，"可以为你祈祷些什么。就某些方面而言，万一她真的出了什么事，对你来说还更——"

"这是我的私事。"查克打断了它。

"抱歉。"黏菌饱含歉意地想道,但情绪仍然相当沉重。它无法除去思绪中的感情。

在快艇的轰鸣声中,谁也没有再开口。

伊格纳兹·勒德伯把一大坨搁置了很久的熟通心面扔在两只宠物黑面羊面前,抬头看到快艇降落在他窝棚外的路边。他喂完两只羊,悠闲地端着锅走回窝棚里。各种花色的猫都充满期待地跟在他身后。

进门后,他把锅扔到堆满碗盘的水池里,微微顿了一下,瞥了一眼在餐桌木板上睡觉的女人。然后他抱起一只猫,再次走到了门外。快艇的到来对他来说当然不算意外,他早就感知到了。他并不惊慌,但也不会疏忽大意。

两个身影钻出了快艇,一个是人类,另一个则是没有固定形状的黄色液体。他们有些艰难地越过路边的垃圾堆,走向勒德伯。

"你们听到应该会很高兴,"勒德伯对来者说,"几乎就在此时此刻,阿尔法星的战舰正准备在我们的星球上着陆。"他微微一笑,但对面的男人并没有回以微笑。这堆黄色液体则没有可以露出微笑的器官。"也就是说,"勒德伯略微有点忧虑地说,"你们的任务成功了。"他并不喜欢来人身上散发出的敌意。通过神秘的灵能视力,他看到男人的愤怒如通红的光圈般围绕在他的头部四周。

"玛丽·里特斯多夫在哪儿?"查克·里特斯多夫问道,"我妻子。你知道吗?"他转向身边的木卫三黏菌。"他知道吗?"

黏菌想道:"他知道,里特斯多夫先生。"

"你妻子,"伊格纳兹·勒德伯点点头,"之前在外面伤了很多人。她杀了一个曼斯人,还——"

"如果你不让我见到我妻子,"查克·里特斯多夫对勒德伯说,"我就把你砍成碎片。"他往圣人的方向走了一步。

勒德伯有些不安地拍了拍怀里的猫,说:"进门喝杯茶吧。"

下一秒,他就仰天倒在地上了,双耳嗡嗡作响,头部传来阵阵钝痛。他艰难地坐起来,不明所以地发着呆。

"里特斯多夫先生打了你一拳。"黏菌解释道,"在你颧骨略上方的位置。"

"别打了。"勒德伯咬字不清地说,尝到了血味。他吐了口唾沫,坐在地上揉着头。可惜感知没有提醒过他这件事。"她在屋里。"勒德伯说。

查克·里特斯多夫大步经过他身边走到门口,一把拉开门,随即消失不见。勒德伯终于设法站起来,摇摇晃晃地拖着步子跟了上去。

勒德伯进屋后在门边站住了脚，自由来去的猫群在他周围上蹿下跳，喵喵乱叫。

查克·里特斯多夫站在床边，低头望着熟睡的女人。"玛丽，"他说，"醒醒。"他伸手抓住她垂在床边的赤裸手臂，使劲晃了晃，"把衣服穿上，我们走吧。快点！"

代替艾尔西躺在伊格纳兹·勒德伯床上的女人慢慢地睁开了眼。她望着查克的脸，突然使劲眨了眨眼，彻底清醒过来。她下意识地坐起身，随即抓住周围的毯子遮在身上，盖住了挺拔的娇小乳房。

黏菌谨慎地留在了门外。

"查克。"玛丽·里特斯多夫语气平稳地低声说，"我是自愿来这里的，所以我——"

查克抓住她的手腕，把她从床上拽了起来。毯子纷纷跌落，一只咖啡杯滚了下来，冷掉的咖啡洒得到处都是。两只藏在床底的猫惊恐地冲了出来，越过伊格纳兹·勒德伯身边逃掉了。

玛丽·里特斯多夫全身赤裸，苗条而光滑的身体正对着自己的丈夫。"无论我做什么，你都没有资格评价。"她说。她伸手寻找衣服，拿起了衬衫，然后又以冷静的态度继续四处摸索。接着她开始有条不紊地一件一件穿衣服，一副旁若无人的表情。

查克说："现在这片地方归阿尔法星舰队管了。曼斯人已经准备好掀起保护罩放他们进来,一切都结束了。就在你睡在这个——"他冲伊格纳兹·勒德伯一摆头,"这家伙床上的时候。"

"你跟他们一伙儿了?"玛丽扣着衬衫上的扣子,冷冷地说,"哦,当然。阿尔法星人占领了卫星,而你要在他们的统治下生活了。"她穿好了衣服,开始不慌不忙地梳起头发。

"如果你留在这里,"查克说,"留在阿尔法三号M2卫星上,不回地球——"

"我会留在这里。"玛丽说,"我已经计划好了。"她示意伊格纳兹·勒德伯,"不是和他一起,这只是暂时的,他也清楚。我不会住在甘地镇的,这儿可不是个适合我的地方,做梦都别想。"

"那你要去哪儿?"

玛丽说:"达·芬奇高地,我想。"

"为什么?"查克难以置信地盯着她。

"我也不知道。我连去都没去过。但我很欣赏曼斯人,甚至是被我杀死的那个人。他从来都不害怕,哪怕是在他跑向坦克,知道自己活不了的时候。我这辈子都从来没见过那样的人。"

"曼斯人,"查克说,"不会接纳你的。"

"哦,会的。"玛丽平静地点点头,"一定会。"

查克疑问地看向伊格纳兹·勒德伯。

"会的。"勒德伯同意,"你妻子说得不错。"我们俩都失去她了，勒德伯心想。你我都一样。没人能长久拥有这个女人。这根本违反她的天性，她的生理结构。他悲伤地转身走出窝棚，走向等待中的黏菌。

"我想你已经给里特斯多夫先生展示了，"黏菌对他想道，"他想做的事是多么不可能。"

"也许吧。"勒德伯无精打采地说。

查克出了门，脸色苍白而阴沉。他越过勒德伯，走向快艇的舱门。"我们走吧！"他生硬地冲黏菌喊道。

黏菌以物理上所能达到的最快速度跟了过去。他们进了舱门，舱门关闭了，快艇升入上午的天空。

伊格纳兹·勒德伯注视着它离开，然后重新走入窝棚。玛丽正在冰箱边翻找早餐的材料。

两人一起做了早饭。

"那些曼斯人，"勒德伯说，"从某些方面来说很残暴。"

玛丽大笑起来。"那又怎样?"她嘲讽地问。

勒德伯无法回答。在这种事上，他的神圣特质和感知能力根本帮不上忙。

过了很久，查克说:"这艘快艇能把我们带回太阳系，带回地球吗?"

"绝对不可能。"奔跑蛞蝓殿下说。

"好吧。"查克说,"我去找一艘停在这附近的地球战舰。我要回地球,接受政府的惩罚,不管那到底是什么,然后找琼恩·德里雅斯特谈谈。"

黏菌说:"考虑到惩罚里应该会包括死刑,你恐怕没有机会和琼恩·德里雅斯特谈谈了。"

"那你的建议是?"

"听了你也不会愿意照做的。"

查克说:"告诉我吧。"根据眼前的情况,他不能盲目否定任何可能性。

"你——咳咳。这有点尴尬,我必须找个恰当的说法。你必须说服你妻子,给你做一个全套的心理测试。"

过了一会儿,查克好不容易才发出声音,"好决定我去哪个领地最合适?"

"对。"黏菌有些不情愿地说,"就是这个意思。并不是说你也患有精神病,这只是为了决定你的个性和哪个——"

"如果这些测试说我没有偏差,没有神经症,没有潜藏的精神分裂,没有性格变态倾向,就是说,什么问题都没有呢? 我又该怎么办?"他有种强烈的预感,心理测试的结果会是一片空白。倒不是他在自吹自擂,到了这个地步,他早就没了那种需求。在阿尔法三号M2卫星上,他将无法归属于任何一个领地;在这里,他是一个流浪者,被排除在社会之外,找不到任何与他有相似之处的人。

"你一直有着杀掉妻子的冲动,"黏菌说,"这完全有可能是潜在情感疾病的症状。"它尽量想让这话听起来含有希望,但没能成功。"我仍然觉得这值得一试。"它坚持道。

查克说:"不如我创立一个新家族。"

"只有一个人的家族?"

"这里肯定偶尔也会有正常人出现吧。摆脱了精神疾病的人,还有从来没得过病的儿童。在这里,只要没确诊别的病,你就自动被归类为多态型精神分裂,但这不对。"自从意识到自己有可能会一直留在卫星上开始,他就一直在考虑这个问题,"他们会慢慢汇集过来的,只要有足够的时间。"

"就像这颗卫星上的森林姜饼小屋。"黏菌沉思道,"你就住在里面,耐心地等待着,捕获路过的人,特别是儿童。"它嘻嘻笑起来,"抱歉,我不该拿这个开玩笑。请原谅我。"

查克什么也没说,只是控制快艇继续向上飞行。

"你会试试心理测试吗?"黏菌问道,"在你建立起自己的领地之前?"

"好吧。"查克说。这并不是个无理要求。

"你有想过吗？你们两人那么讨厌对方，你妻子还能客观地给你测试吗？"

"应该可以。"评分有标准，并不是以主观意愿打分。

黏菌表示："我可以当你们的中间人，在结果出来之前，你们不必非得拼个你死我活。"

"谢谢。"查克感激地说。

黏菌思索着补充道："还有一种可能，虽然可能性很低，还是应该考虑考虑。虽然要投入大量的时间，但说不定会大有收获呢。"它随即直接跳到了思考出的结论，"也许你应该说服玛丽，让她也做做心理测试。"

这想法对查克来说无异于晴天霹雳。首先——他的头脑飞快运转，一边分析一边反思——不管结果如何，他都看不出这能带来什么好处。卫星上的居民不会接受任何治疗，这已经是尘埃落定的事实，而且是他一手促成的。如果玛丽的测试结果是她有严重的心理疾病——这也确实很有可能，她以后也仍然会一直这样下去，不会有精神医生上门给她治疗。既然如此，黏菌的"大有收获"又是指什么？

黏菌接收到他的飞速思考，解释道："假如说，在测试过程中，你妻子确实发现，她的精神状态中有躁郁症的倾向——这是我作为外行对她的判断,而她自己显然也是这么想的。如果她承认了这一点,承认她和霍华德·斯特劳、那些狂野的坦克驾驶员一样,和曼斯人一样,那她就会接受——"

"你真的以为这样一来,她就能谦虚做人了？不再那么骄傲自负?"黏菌绝非人性专家,更别提玛丽·里特斯多夫的天性了。再说,躁郁症患者和佩尔族人一样,根本没有自我怀疑这个概念,他们整个情绪架构都是建立在感觉一切尽在掌握的基础上。

如果黏菌的天真想法是真的,病入膏肓的精神病患者只要看见自己的测试结果,就能理解并接受自己的精神异常,那事情该有多简单啊。老天。查克沮丧地想。如果说现代精神病学只证明了一件事,那就是:知道自己有精神病这件事并不会让你病情减轻,正如知道自己有心脏病并不会还给你一颗完好无恙的心脏。

实际上,情况可能恰恰相反。一旦住进周围全是躁郁症患者的曼斯领地,玛丽眼下的精神状态就会永远持续下去,她身上的躁郁症倾向会被认为是社会性常态。她很可能会成为霍华德·斯特劳的情妇,甚至最终取代他,当上最高议会中的曼斯代表。到了达·芬奇高地,她会将周围的人都踩在脚下,从而登上权力的宝座。

"不管怎样,"黏菌坚持道,"回头我去让她给你做测试的时候,我也会恳请她给自己做一遍。我仍然相信,这么做会有一定的好处。'了解自己',这不是一句古老的地球谚语吗? 源自你们备受吹捧的古希腊时期。我不禁想到,对于你们这些不会读心术的种族来说,了解自己就是给自己配备一件武器,来重塑自己的精神,直到——"

"直到什么?"

黏菌沉默了,显然它也不知道答案。

"让她做测试吧,"查克说,"等着瞧。"等着瞧到底谁对谁错,他心想。他希望黏菌是对的。

当晚深夜,在达·芬奇高地,经过长时间颇有技巧的谈判协商,奔跑蛤蜊殿下成功说服玛丽·里特斯多夫博士对自己进行全套心理特征测试,然后再从职业角度对她丈夫进行同一套测试。

测试在曼斯代表霍华德·斯特劳家中举行,这是个装饰繁复,结构复杂的房子。三人面对面坐着,斯特劳本人则在旁边看着,觉得好笑,但脸上照常挂着鄙夷和淡漠。他坐在椅子上用彩色蜡笔飞速画着玛丽的速写,这只是他许多种艺术创造性爱好中的一项。即便是在这阿尔法星战舰正接二连三地降落在卫星上的重大时刻,他也没有放弃自己的兴趣。作为一个典型的曼斯人,他总是一心多用,是个多面手。

斯特劳家的桌子很漂亮，由木头和黑铁手工制作而成。玛丽把测试结果摊到桌面上，说："我实在不想承认，但这确实是个好主意，让我们两人进行同样的标准心理特征测试。老实说，得出的结果让我吃惊。照这些结果来看……我毫无疑问应该定期进行这些测试。"她穿着白色的高领毛衣和土卫六有机金属长裤，看起来既苗条又丰满。她靠回椅背上，用颤抖的手指拿出一支烟，点上了。"你连一丝精神异常的征兆都没有，亲爱的。"她对坐在对面的查克说，"圣诞快乐。"她又补充道，露出僵硬的微笑。

"那你呢？"查克问，紧张得喉咙和心脏都一阵阵发紧。

"我根本不是曼斯人。完全相反，我有显著的焦虑抑郁倾向。我是个戴普人。"她继续微笑着，虽然笑容十分勉强。查克把这点记在心里，这显示出了她的勇气。"我老是给你施加压力，让你找份薪水更高的工作——那肯定就是因为抑郁。在我的妄想中，所有事情都一团糟，我们必须做点什么，要不然就完了。"她突然按熄了烟头，又点了另一支，对霍华德·斯特劳说，"你有什么想法？"

"难办啊。"斯特劳一如既往地毫无同情之意，"你没法住在这里，只能到科顿·马瑟遗产庄园去，跟'快乐男孩'迪诺·沃特斯那帮人在一起。"他吃吃地笑了起来。"那儿有些人的情况比他还糟，你很快就会看到了。我们可以让你在这儿多待几天，但再之后你就必须离开了。你不是我们的人。"他又用稍微没那么冷酷的语气补充,"如果你在自愿加入星际联盟,来参加这个'五十分钟行动'之前就预想到了现在这个结果,我打赌你一开始就会重新考虑。没错吧?"他目光尖锐地盯着玛丽。

玛丽耸耸肩,没有回答。

然后她突然哭了起来,让在场的人都吃了一惊。"老天啊,我不想和那帮该死的戴普人一起生活。"她喃喃道,"我要回地球。"她对查克说:"我可以回去,但你不行。我不想留在这里,像你那样开辟什么新天地。"

黏菌的思绪传给了查克,"既然测试结果出来了,你打算怎么做,里特斯多夫先生?"

"建立我自己的领地。"查克说,"我要给它起名为托马斯·杰斐逊[①]。马瑟是戴普人,达·芬奇是曼斯人,阿道夫·希特勒是佩尔人,甘地是希布人。杰斐逊是——"他寻找着恰当的词,"是常人。托马斯·杰斐逊就是这样一个地方:常人的领地。现在只有一个人,但前景可期。"至少,这个领地的最高议会代表已经自动决定好了,查克心想。

"你真是个白痴。"霍华德·斯特劳蔑视地说,"没人会跑到你的领地,跟你一起生活。你会孤独终老——只要六周,你就会发

———————————
① 美国第三任总统的名字。

疯,卫星上随便哪个领地要你,你就去。当然了,我们这儿可不会要你。"

"也许吧。"查克点点头,但他可没斯特劳那么肯定。他又想起了安妮特·戈丁,她应该可以加入他的领地。这并不困难,她跟一个精神状态均衡的正常人差不了多少。查克和她之前没有任何障碍。既然存在一个这样的人,那一定就还有更多个。他能感觉到,很快,托马斯·杰斐逊的居民就不止他一个了。但就算只有他一个——

他也一样会耐心地等着,无论等多久都可以。而且他也有建立领地的帮手。他已经和佩尔代表加布里埃尔·贝恩斯建立起了稳固的合作关系,这是个好兆头。既然他能和贝恩斯好好相处,那其他几个家族就都应该不成问题,要说例外恐怕就是斯特劳这样的曼斯人,还有臭名昭著、严重退化的希布人,比如伊格纳兹·勒德伯,他们根本不懂人际交往中的规则。

"我很难受。"玛丽说,嘴唇不停地颤抖,"你能来科顿·马瑟遗产庄园看我吗,查克? 我不可能这辈子都和戴普人待在一起吧,你说呢?"

"你说过——"查克开了口。

"既然我病了,测试得出了那样的结果,我就不能回地球。"

"当然。"查克说,"我很乐意去看你。"应该说,他会花很长时间待在其他领地里。这样一来,他就可以保证霍华德·斯特劳的预言不会成真。但他需要的不仅仅是去别的领地和人交流,还有其他很多东西。

"等我下次再播撒孢子的时候,"黏菌对查克想道,"就会有大量的我出现,其中一些会很愿意定居在托马斯·杰斐逊的。这次我们可不会再接近燃烧的汽车了。"

"谢谢。"查克说,"能有你入住是我的荣幸。不管多少个你。"

霍华德·斯特劳狂野的大笑声充满了整个房间,这主意似乎正中他愤世嫉俗的笑点。但没人理他。斯特劳耸耸肩,继续拿蜡笔画画去了。

在他的房子外面,制动火箭发出一阵咆哮,一艘战舰动作娴熟地降落在地。耽搁多时后,阿尔法星人终于开始占领达·芬奇高地。

查克·里特斯多夫起身打开前门,望着漆黑的夜色,侧耳倾听。一时之间,他独自站着,抽着烟,听着飞船的声响离卫星表面越来越近,最后消失成一片似乎会永远持续下去的寂静。要再过很久很久,也许等他这个人都消失了,这些飞船才会再次起航。查克站在霍华德·斯特劳门外的黑暗里,深切地感觉到了这一点。

他身后的门突然开了。他的妻子,更准确地说是前妻,走了出来。她关好门，无言地站到他身边。两人一起听着阿尔法星战舰降落的轰隆声，望着空中火光拖出的轨迹，深陷在各自的思绪里。

"查克，"玛丽突然说，"要知道，我们还有一件重要的事没做……你可能没想过，但如果我们要定居在这里，就得想办法把孩子们从地球上接过来。"

"确实。"这一点查克也想到了，他点点头，"可你愿意在这里抚养他们长大吗？"特别是黛比，他心想。黛比是个极为敏感的孩子，如果在这里生活，她无疑会被精神病患者的异常世界观和行为模式影响。这会是个很棘手的问题。

玛丽说："既然我病了——"她没把话说完，也不必说完。既然她也有病，那黛比恐怕已经在日常的家庭生活中，以极近的距离暴露在精神疾病的微妙阴影之下。如果她会受到影响，那她就已经受到影响了。

查克把烟头扔进黑暗里，伸手抓住妻子纤细的手腕，将她拉到身边。他亲了亲玛丽的前额，闻着她头发散发出的温暖的甜香。"我们就冒个险，把孩子们带到这个环境里试试。也许他们能成为这里其他孩子的榜样呢……我们可以送他们去阿尔法三号M2卫星的中央学校上学。如果你愿意冒这个险，我也愿意。你觉得呢？"

"好。"玛丽声音微弱地说,然后声音激动了一些,"查克,你真的觉得我们还有机会? 你和我,找到一种新的生活方式……长期待在彼此身边? 还是说,我们只会——"她做了个手势,"只会回到仇恨和怀疑的老路上,重蹈覆辙?"

"我不知道。"查克说。这是实话。

"撒个谎吧。告诉我,我们可以。"

"我们可以。"

"你真的这样认为? 还是在撒谎?"

"我——"

"告诉我你没有撒谎。"她的声音十分急切。

"我没撒谎。"查克说,"我相信我们能做到。我们都还年轻,还能改变,不像佩尔人和曼斯人那样僵化。对吧?"

"嗯。"玛丽沉默片刻,又说,"比起我,你不会觉得那个波利姑娘安妮特·戈丁更好吗? 说实话。"

"我觉得你更好。"这次他没撒谎。

"被埃尔弗森拍了未来照的那个姑娘呢? 你和那个什么琼恩的……毕竟,你真的和她上了床。"

"还是你更好。"

"告诉我,为什么你会觉得我更好?"玛丽说,"我有病,又残忍。"

"我说不出来。"他确实无法解释,这完全是个谜。然而,这是事实。他从心底感受到了这句话传达出的真诚。

"祝你在一个人的领地一切顺利。"玛丽说,"一个人,十几只黏菌。"她笑了起来,"多疯狂的聚居地。嗯,我们确实应该把孩子们都接过来。我以前觉得自己那么——你也知道,和我的患者那么不同。他们病了,而我没有。现在呢——"她沉默了。

"区别没那么大了。"查克补完了她的话。

"但你对自己没有这种感觉吧? 觉得你和我有根本上的不同……毕竟你的测试结果一切正常,而我不是。"

"只是程度问题罢了。"查克真心实意地说。自杀冲动曾是他的驱动力,而且他对玛丽有过那些恶毒的杀戮念头。然而,在多年前就已为专业人士广泛接受的测试中,他的结果落在正常范围内,而玛丽却没有。这其中的差异是多么微妙啊。玛丽和他,还有阿尔法三号M2卫星上的所有人,包括那个狂妄自傲的曼斯代表霍华德·斯特劳,都同样挣扎着想寻求平衡,寻求内省。这是所有生物的天性。希望一直存在,即便是那些希布人也一样。可惜的是,甘地镇居民的希望确实十分渺茫。

查克心想:像我们这些刚移民到阿尔法三号M2卫星的地球人,我们的希望就已经够渺茫的了。然而,它确实存在。

"我决定了,"玛丽嗓音嘶哑地宣布,"我爱你。"

"嗯。"查克应道，心头一喜。

但来自黏菌的思绪突兀地打断了他宁静的状态，尖锐又直白。"既然这是开诚布公的坦白时间，我建议你妻子将她与邦尼·汉特曼的短暂情史也摆上台面。"它又自我纠正，"我撤回'摆上台面'这个说法，这纯粹是不妥的口误。但我的基本观点保持不变：她太渴望让你得到一份高薪工作——"

"我自己说吧。"玛丽说。

"请便。"黏菌同意了，"如果你的叙述在完整性上有所保留，我会再次发言。"

玛丽说："查克，我和邦尼·汉特曼有过一段非常短暂的情史。就在我离开地球之前。仅此而已。"

"不仅如此。"黏菌表示反对。

"还要讲细节？"玛丽激动地说，"我是不是要告诉他具体的时间和地点——"

"不是那些。你和汉特曼的关系还有另一面。"

"好吧。"玛丽放弃地点点头。"在那四天里，"她对查克说，"我把我的想法告诉了邦尼。根据以往处理婚姻破裂案例的经验，还有我对你个性的了解，我预计到，你会想办法杀了我。如果你没能成功自杀的话。"她沉默了，"我不知道为什么会告诉他，可能我只是有些害怕。我迟早都得告诉某个人，而那时正好和他相处的时间比较长。"

这么说，不是琼恩。知道了这些，查克感觉好些了。他也没法责备玛丽的所作所为。她没报警本身就是个奇迹了。显然，当她说还爱他的时候，她是真心真意的。这下他对玛丽又有了新的认识。在自己遭遇危机的时候，她有机会能伤害他，结果却没有行动。

"也许在这颗卫星上，我们应该再多生几个孩子。"玛丽说，"就像黏菌那样……我们到达一个地方，就不停地增加数量，直到变成这里的大多数。"她笑了起来，笑声奇特又十分柔和。在黑暗中，她放松地靠到查克身上，上次这样已经是很久之前了。

天空中还在不断地出现阿尔法星的飞船。查克和玛丽都沉默着，思考着把孩子们接过来的方法。这很难，查克心情沉重地想。恐怕比他们至今为止所做的事情都难。但说不定，汉特曼机构里留在地球上的人可以帮到他们。或者是在地球人与非地球人之间来往的黏菌的生意伙伴。无论是哪一种，他们都还有很长的路要走。还有汉特曼安插在中情局的线人，查克的前上司，杰克·埃尔伍德……但埃尔伍德现在已经入狱。无论如何，就算他们的努力到头来是一场空，正如玛丽所说，他们还可以生更多的孩子。这当然不能代替失去的孩子，但至少，这是个不该忽视的好兆头。

　　"你爱我吗?"玛丽问道,嘴唇凑在他的耳边。

　　"爱。"查克真心地说。然后他又吃痛地叫了一声,因为玛丽毫无预兆地咬了他一口,差点儿从他耳垂上咬下一块肉来。

　　在他看来,这也是一个预兆。

　　虽然他还不能肯定,它预示的是什么内容。